정복

석복

1판 1쇄 발행 2018. 3. 9.
1판 3쇄 발행 2018. 4. 11.

지은이 정민

발행인 고세규
편집 임지숙 | 디자인 조명이
발행처 김영사
등록 1979년 5월 17일(제406-2003-036호)
주소 경기도 파주시 문발로 197(문발동) 우편번호 10881
전화 마케팅부 031)955-3100, 편집부 031)955-3200 | 팩스 031)955-3111

값은 뒤표지에 있습니다.
ISBN 978-89-349-8082-7 03810

홈페이지 www.gimmyoung.com   블로그 blog.naver.com/gybook
페이스북 facebook.com/gybooks   이메일 bestbook@gimmyoung.com

좋은 독자가 좋은 책을 만듭니다.
김영사는 독자 여러분의 의견에 항상 귀 기울이고 있습니다.

이 도서의 국립중앙도서관 출판시도서목록(CIP)은 서지정보유통지원시스템 홈페이지 (http://seoji.nl.go.kr)와
국가자료공동목록시스템(http://www.nl.go.kr/kolisnet)에서 이용하실 수 있습니다.(CIP제어번호 : 2018006093)

누릴 복을 아껴라

채우지 말고 비우고, 움켜쥐는 대신 내려놓다

석복

정민

惜福

김영사

석복惜福은 복을 아낀다는 뜻이다. 옛사람은 이 말을 사랑했다. 다 누리지 않고 아껴둔 복은 저축해두었다가 함께 나눴다. 지금은 절제를 모르는 세상에서 욕망의 화신이 되어 산다. 죽기 아니면 살기요, 전부가 아니면 전무全無다. 승자독식勝者獨食의 탐욕은 비탈을 굴러 내려가는 수레와 같아 제힘으로는 결코 멈출 수 없다. 중간에 장애물을 만나면 속수무책으로 전복되거나 부서지고 만다. 누릴 복을 조금씩 덜어 아끼고 나누며 살아가면 좋을 텐데 그 일이 쉽지가 않다. '복 많이 받으세요' 대신 '복 많이 아끼세요'로 신년 인사를 건네면 어떨까?

나이가 들면서 혼잣말이 늘어간다. 운전을 하다가, 산길을 걸을 때, 빈방에 혼자 있으면서 자꾸 혼잣말을 하는 나를 본다. 늘어나는 혼잣말은 누구 들으라고 하는 소릴까? 그때마다 특정하기 힘든 청자聽者가 있다. 두서없는 혼잣말이 떠올린 그 누구는 누굴까? 나는 왜 자꾸 혼잣소리를 하는가? 설명해 납득시키자니 피곤하고 고인 채 안에 두자니 답답하다. 그때그때 하고 싶은 말을 눅여 눌러 다독인다. 대신 옛사람을 불러내 그들 입을 빌렸다. 누추하다. 세상은 대체 변할 줄 모르고, 인간은 좀체 바뀌지 않는다. 동서양이 따로 없고 고금이 한가지다. 그러니 무얼 더 보탠

단 말인가. 그래서 자꾸 혼잣소리를 하고, 옛사람 입을 빌린다.

지난 시간 우리는 인간의 탐욕과 독선이 빚어낸 어둡고 긴 터널을 지나왔다. 그 끝에는 광명의 세상이 기다리고 있을까? 그 뒤로도 터널은 자꾸 나올 것이고, 바다에 이르러서야 길은 끝난다. 나만이 정의롭고 떳떳하다고 말할 수 없다. 그저 주어진 복을 아끼고, 남은 하루하루를 아끼며 걸어갈밖에.

경수무풍야자파鏡水無風也自波! 거울 같은 수면에 바람도 없는데 물결은 절로 인다. 산은 층층 높고 물은 풍풍 깊다. 단가 〈고고천변杲杲天邊〉의 가락을 듣다가 우리네 인생도 노래 속 별주부처럼 앞발로 벽파碧波를 찍어 당겨, 뒷발로 창랑滄浪을 탕탕, 요리 조리 조리 요리, 앙금 둥실 높이 떠 지나갔으면 싶다. 토끼의 간을 내와야 하는 숙제가 남긴 했지만 말이다. 다시 네 글자로 된 100편의 글을 한데 묶어 《일침》, 《조심》, 《옛사람이 건넨 네 글자》에 이어 네 번째로 세상에 내보낸다. 그 뒤야 뉘 알리, 더질더질.

2018년 새봄, 행당서실에서 정민

정민

차례

발밑의 행복

3

바로 보고 멀리 보자 4

마음 간수 ①

惜福

석복겸공

비우고 내려놓아 복을 아낀다

|

惜福謙恭

새해가 되면 만나는 사람마다 복 많이 받으시라는 인사말을 주고받는다. 한때 '부자 되세요'가 새해 덕담일 때도 있었다. 복은 많이 받아서 좋고 돈은 많이 벌어야 신나지만 너무 욕심 사납다 싶어 신년 연하장에 '새해 복 많이 지으세요'라고 쓴 것이 몇 해쯤 된다.

엮은이를 알 수 없는 《속복수전서續福壽全書》의 첫 장은 제목이 '석복惜福'이다. 복을 다 누리려 들지 말고 아끼라는 뜻이다. 여러 예를 들었는데 광릉부원군 이극배李克培(1422~1495)의 이야기가 첫머리에 나온다. 그는 자제들을 경계하여 이렇게 말했다. "사물은 성대하면 반드시 쇠하게 되어 있다. 너희는 자만해서는 안 된다〔物盛則必衰 若等無或自滿〕." 그러고는 두

손자의 이름을 수겸守謙과 수공守恭으로 지어주었다. 석복의 처방으로 겸손과 공손함을 제시한 것이다. 다시 말했다. "처세의 방법은 이 두 글자를 넘는 법이 없다." 자만을 멀리해 겸공謙恭으로 석복하라고 이른 것이다.

홍언필洪彦弼(1476~1549)은 가법이 몹시 엄했다. 아들 홍섬洪暹은 벼슬이 판서에 올랐어도 겉옷까지 제대로 차려입지 않고는 감히 들어가 문안을 여쭙지 못했다. 홍언필이 몸이 안 좋을 때는 아들에게 손님을 접대케 했는데, 검소한 복장에 말과 태도가 겸손했으므로 처음 보는 사람은 그가 한 나라의 판서라고는 생각할 수가 없었다.

판서는 평소에 초헌軺軒을 타지 않았다. 하루는 어쩌다 타고 나갔다가 그길로 부친을 찾아뵈었다. 그때 마침 홍언필이 밖에서 돌아오다가 아들이 타고 온 초헌이 문 앞에 세워져 있는 것을 보았다. 아버지는 즉시 사람을 불러 그 초헌을 대문 위에 매달아두게 했다. 오랜 뒤에 그 초헌을 내려서 보내주며 말했다. "아비가 가마를 타는데 자식이 초헌을 타니, 그러고도 네가 편안하더냐?"

소동파가 말했다. "입과 배의 욕망이 어찌 끝이 있겠는가? 매양 절약하고 검소함을 더함이 또한 복을 아끼고 수명을 늘리는 방법이다[口腹之欲 何窮之有? 每加節儉 亦是惜福延壽之道]." 이제는 '새해 복 많이 지으세요'를 '새해 복 많이 아끼세요'로 바꿔 말하고 싶다. 부족함보다 넘치는 것이 더 문제다. 채우지 말고 비우고, 움켜쥐는 대신 내려놓는 것이 어떤가?

갱이사슬

길고 잔잔히 끌리는 여운

—

鏗爾舍瑟

공자가 어느 날 자로와 증석, 염유와 공서화 등 네 제자와 함께 앉았다. "우리 오늘은 허물없이 터놓고 얘기해보자. 누가 너희를 알아주어 등용한다면 무엇을 하고 싶으냐?" 제자들은 신이 나서 저마다의 포부를 밝혔다. 다들 나랏일에 참여하여 큰일을 해내고 싶은 바람을 드러냈다. 공자는 그 말을 듣고 씩 웃었다. "너는?" 스승의 눈길이 마지막으로 증석을 향했다.

증석은 슬瑟 연주를 늦춰 쟁그렁 소리를 내면서 슬을 내려놓고 일어났다(鼓瑟希, 鏗爾, 舍瑟而作). "선생님! 제 생각은 좀 다릅니다. 늦봄에 봄옷이 이루어지면 어른 대여섯과 아이 예닐곱을 데리고 기수沂水에서 목욕하고 무우舞雩에서 바람 쐬고 시를 읊으며 돌아오렵니다." 공자가 감탄하며 말했다. "나도 너와 같이하마."《논어》〈선진〉에 나온다.

처음부터 증석은 슬을 연주하고 있었다. 마지막으로 말할 차례가 되자 그는 연주를 늦추더니 쟁그렁 맑은 울림을 내고는 무릎에서 바닥으로 슬을 내려놓았다. 바닥에 놓인 슬은 계속해서 길고 잔잔한 소리를 낸다. 이어서 나온 그의 말처럼.

《임원경제지林園經濟志》〈이운지怡雲志〉에는 금실琴室에 대한 설명이 있다. 사대부의 거처에는 볏짚을 엮어 세운 정자나 외진 구석방에 거문고를 연주하는 공간을 따로 마련했다. 바닥에 커다란 항아리를 하나 묻어 둔다. 주둥이 부분에 큰 구리종 하나를 매단다. 그 위에 나무판자를 깔아 덮는다. 그 위에서 거문고를 연주하면 항아리가 공명통 역할을 해서 더욱 맑고 은은한 느낌을 낸다. 그 사이로 들릴 듯 말 듯 끼어드는 종의 진동. 솔숲이나 대숲에 작은 2층 누각을 세워 금실을 지을 때도 바닥을 나무판으로 하고 그 아래는 텅 비워 울림판 역할을 하게 했다.

다산의 초당 12경시 중 하나.

소나무 단 바위 평상
내가 금을 타는 곳.
금을 걸고 손님 간 뒤
바람 오면 혼잣소리.
松壇白石牀　是我彈琴處
山客掛琴歸　風來時自語

이것은 바람에 저 혼자 우는 거문고 소리다. 도연명의 거문고는 애초에 걸린 줄조차 없는 무현금無絃琴이었다. 그는 북창 아래서 벽에 걸린, 줄 없는 거문고의 깊은 가락을 들었다. 인생에도 쟁그렁~ 길게 끌리는 여운이 필요할 때가 있다.

명창정궤

햇살은 환하고 책상은 깨끗하다

|

明窓淨几

추사秋史의 글씨 중에 개인적으로 가장 마음에 드는 글귀는 예서로 쓴 "작은 창에 볕이 많아, 나로 하여금 오래 앉아 있게 한다(小窓多明, 使我久坐)"는 구절이다. 작은 들창으로 햇살이 쏟아진다. 그는 방 안에서 미동微動 없이 앉아 있다.

명창정궤明窓淨几, 창문은 햇살로 환하고, 책상 위는 먼지 하나 없이 깨끗하다. 이 네 글자는 선비의 공부방을 묘사하는 최상의 찬사다. 서거정徐居正(1420~1488)은 〈명창明窓〉에서 이렇게 노래했다.

밝은 창 정갈한 책상에 앉아 향을 사르니

한가한 중 취미가 거나함을 깨닫네.

明窓淨几坐焚香 頗覺閑中趣味長

오장吳長(1565~1617)은 〈서실소기書室小記〉에서 또 이렇게 썼다.

고인의 책이 수십 질이 있어서 밝은 창 깨끗한 책상에서 혹 손길
따라 뽑아서 보고, 혹 무릎을 꿇고 소리 내어 읽으면, 문득 생각이 전
일하고 간절해지는 것을 느낀다.

有古人書數十帙, 明窓靜几, 或隨手抽檢, 或斂膝誦讀, 頗覺意思專切.

유원지柳元之(1598~1674)의 〈병을 앓은 뒤(病起)〉란 시도 있다.

따뜻한 방 병이 나아 뜻이 조금 맑기에
시원한 곳 찾아 앉자 기운 절로 편안하다.
인간 세상 으뜸가는 쾌활한 일이라면
밝은 창 깨끗한 책상에서《시경》을 읽는 걸세.

溫房病起意差淸 坐趁輕凉氣自平

多少人間快活事 明窓靜几讀詩經

오랜 병치레 끝에 모처럼 책상을 깨끗이 닦고 볕드는 창가에 앉아《시
경》을 소리 내어 읽으니, 세상에 아무 부러울 것이 없더라는 얘기다.
한국고전번역원 데이터베이스에서 '명창정궤'를 쳐보니 무려 171회
의 용례가 나온다. 이 말에 이어진 아래 구절들 중 몇 가지를 뽑아보면

추사 김정희의 〈소창다명小窓多明 사아구좌使我久坐〉, 개인 소장

다음과 같다. "옛 책을 소리 내어 읽는다(諷誦古書)", "손을 모두고 무릎을
여민다(拱手斂膝)", "조촐해서 잡스러움이 없다(蕭然無雜)", "종일 단정히 앉
아 있다(端坐終日)", "한 심지의 향을 사른다(焚一炷香)", "고요히 시서와 마
주한다(靜對詩書)", "오도카니 단정히 앉는다(兀然端坐)", "도서가 벽에 가득
하다(圖書滿壁)".

　우리는 너무 말이 많고 심히 부산스럽다. 볕 잘 드는 창 아래 앉아 책
상을 말끔히 치우고 차분히 마음을 가라앉힌다. 자세를 바로 하고 앉아
생각을 지우고 침묵을 깃들인다.

맛 알기의 어려움

—

知味爲難

  명말明末 장대張岱(1597~1689)의 〈민노자차閔老子茶〉는 벗인 주묵농周墨
農이 차의 달인 민문수閔汶水를 입에 침이 마르도록 칭찬하는 말을 듣고
그를 찾아간 이야기다. 민문수는 마침 출타 중이었다. 집 지키던 노파는
자꾸 딴청을 하며 손님의 기미를 살핀다. 집주인은 한참 이렇게 뜸을 들
인 뒤에야 "어째 여태 안 가셨소?" 하며 나타난다. 손님이 제풀에 지쳐
돌아가기를 기다렸던 것. 장대는 "내가 집주인의 차를 오래 사모해왔소.
맛보지 않고는 결단코 안 갈 셈이오." 무뚝뚝한 주인은 그제야 손님을 다
실로 이끈다.

  전설적인 최고급 다기 십여 개가 놓인 방에 안내되어 끓여온 차맛을

본 장대가 "무슨 차입니까?" 하자, 낭원차閬苑茶라는 대답이 돌아온다. 그가 고개를 갸웃한다. "이상하군요. 낭원차의 제법製法이긴 한데 맛이 다릅니다." 민문수가 씩 웃고 말한다. "그럼 무슨 차 같소?" "혹시 나개차羅芥茶?" 그 말에 민문수의 표정이 싹 바뀐다. 장대가 다시 묻는다. "물은 어떤 물이오?" "혜천惠泉 것이올시다." "그런가요? 물이 조금 퍼진 느낌인걸?" "숨길 수가 없군요. 혜천 물이 맞긴 맞소만 한밤중 새 물이 솟을 때 길은 것이 아니라서."

민문수가 혀를 내두르며 나가 새 차를 끓여 장대에게 따랐다. "마셔보시오." "향이 강하고 맛이 혼후하니 봄에 딴 차로군요. 앞서 것은 가을에 딴 것이고요." 민문수가 껄껄 웃으며 말했다. "내 나이 칠십에 손님 같은 분은 처음입니다. 우리 친구 합시다." 글은 이렇게 끝난다.

맛 알기가 참 어렵다. 치수淄水와 민수澠水는 지금의 산둥성을 흐르는 물 이름인데 물맛이 달랐다. 두 물을 섞어두면 보통 사람은 가려내지 못했지만 역아易牙는 틀림없이 구분해냈으므로 공자가 이에 대해 말한 것이 있다. 《여씨춘추呂氏春秋》에 나온다. 순욱荀勗은 진晉 무제武帝의 잔칫상에서 죽순 반찬을 맛보더니 "이것은 고생한 나무를 불 때서 요리한 것이로군"이라고 했다. 조용히 사람을 보내 알아보니 과연 오래된 수레바퀴를 쪼개 땔나무로 썼다는 전갈이었다. 《세설신어世說新語》에 나온다. 사람 감별도 한입에 알 수 있다면 참 좋을 텐데.

문징명文徵明, 〈품차도品茶圖〉, 교토 양족원 소장

철
망
산
호

깊은 바다에서 산호 캐기

|

鐵網珊瑚

깊은 바닷속의 산호 캐기는 당나라 때부터다. 어민들은 산호초가 있는 바다로 나가 쇠그물을 드리운 뒤 배의 끄는 힘을 이용해 산호를 캤다. 혹은 철사그물을 바닷속에 담가두면 산호의 싹이 그물눈을 뚫고 자란다. 길이가 한 자쯤 되었을 때 그물을 올리면 산호가 뿌리째 뽑혀 나온다는 설도 있다. 철망산호, 즉 쇠그물로 캐낸 산호는 값으로 따질 수 없는 진귀한 보물 대접을 받았다. 명나라 때 주존리朱存理는 고대 서화에 대한 기록을 망라해 정리한 자신의 저술에 '철망산호鐵網珊瑚'란 이름을 붙였다.

장유張維(1587~1638)는 시관試官이 되어 영남으로 떠나는 학사 이상보李尙輔에게 준 시에서 이렇게 노래했다.

푸른 바다 깊은 곳의 해약海若이야 근심해도
산호는 쇠그물로 건져주길 기다리리.
천리마가 소금수레 끄는 일 없게 하고
칼빛이 북두성을 다시 범함 없게 하소.

滄溟深處海若愁　珊瑚正待鐵網搜
鹽車莫遣困驊騮　劍氣不復干斗牛

　쇠그물이 바다 밑을 훑으면 바다의 신 해약이야 근심겹겠지만, 산호는
그 쇠그물에 걸려 자신의 진가를 알아줄 세상으로 나가게 되길 기다릴
것이다. 천리마가 소금수레 끄는 일이 없게 하고, 땅속에 묻힌 보검이 공
연히 하늘에 제 검기劍氣를 비추는 일이 없도록 유능한 인재를 잘 선발해
달라는 바람을 담았다.
　신흠申欽(1566~1628)은 청강淸江 이제신李濟臣(1536~1583)의 문집 발문
에 이렇게 썼다.

　아, 아양 떨고 교태를 부리며 대문에 기대 스스로를 파는 자는 수없
이 많다. 하지만 공은 충직하고 질박함으로 당시에 배척당했다. 형상
에 기대고 그림자로 빌붙어 깜냥도 안 되면서 자리를 차지해 이익을
노리는 자가 한도 없다. 하지만 공은 충실함 때문에 글의 그물에 걸려
들었다. 공이 당한 일로 보면 끝내 캄캄하게 인몰되어 뒤에 다시는 보
지 못할 듯하였는데, 몸이 죽자 말이 서고, 말이 서자 이름이 전해졌
다. 비유하자면, 산호의 보배로운 가지가 철망에 흘러들어 마침내 희
대의 보물이 된 것과 한가지다. 어찌 세상의 얕은 의론을 가지고 백세

의 사업과 맞바꿀 수 있겠는가?

噫, 巧倩妖睇, 倚門自售者何限. 而公以忠朴, 擯於當時. 躡形附影, 竊吹射利者何限. 而公以忠實, 罷於文閫. 以公所邁觀之, 則宜若終遂闇窒湮沒, 不復見於後, 而身沒而言立, 言立而名傳, 譬如珊瑚寶柯, 灘汰於鐵網, 而卒爲希代之珍. 烏可以一世淺論而易百世業哉?

깊은 바닷속 산호가 철망에 건져올려져 세상이 아끼는 보배가 된다. 실력을 다져 아름다운 바탕을 간직해 어느 순간 들어올려지자 그 자태가 참으로 눈부시다. 백대의 이름 앞에서 한때의 시련쯤은 아무것도 아니다.

사소팔다

줄일 것을 줄이고 늘릴 것은 늘려야

|

四少八多

줄여야 할 것을 줄이고, 늘려야 할 것을 늘리는 것이 양생의 기본이다.
반대로 하면 망한다. 먼저 네 가지 줄여야 할 것의 목록.

배 속에는 밥이 적고
입속에는 말이 적다.
마음속에는 일이 적고
밤중에는 잠이 적다.
이 네 가지 적음에 기댄다면
신선이 될 수가 있다.

肚中食少　口中言少
心頭事少　夜間睡少
依此四少　神仙可了

　사람들은 반대로 한다. 배가 터지게 먹고, 쉴 새 없이 떠든다. 온갖 궁리가 머릿속을 떠나지 않고, 잠만 쿨쿨 잔다. 쓸데없는 생각이 많고 이런 저런 궁리에 머리가 맑지 않다. 실컷 잠을 자고 일어나도 몸이 늘 찌뿌둥하다. 그러는 사이에 몸속엔 나쁜 찌꺼기가 쌓이고, 맑은 기운은 금세 흩어진다. 밥은 조금 부족한 듯 먹고, 입을 여는 대신 귀를 열어라. 생각은 단순하게, 잠은 조금 부족한 듯 잔다. 정신이 늘 깨어 있어야 마음이 활발해진다. 음식 섭취를 줄여야 속이 가뜬하고 몸도 개운하다.《수진신록修眞神祿》에 나온다.
　이번에는 늘려야 할 것의 항목이다.

　앉아 있는 것이 다니는 것보다 많고
　침묵이 말하는 것보다 많아야 한다.
　질박함이 꾸미는 것보다 많고
　은혜가 위엄보다 많아야 한다.
　양보가 다툼보다 많고
　개결함이 들뜸보다 많아야 한다.
　문을 닫고 있는 것이 문 밖에 나가는 것보다 많으며
　기뻐함이 성냄보다 많아야 한다.
　이 같은 것을 늘상 늘리려 애쓰면

복을 얻음이 절로 한없게 되리라.

坐多於行　默多於語

質多於文　恩多於威

讓多於爭　介多於泛

閉門多於出戶　懽喜多於嗔怒

如此常貪多　獲福自無量

　두 글 모두 《복수전서福壽全書》에 나온다.

　엉덩이를 딱 붙이고 앉아 있어야 진기眞氣가 쌓인다. 입을 다물면 기운이 흩어지지 않는다. 화려하게 꾸미는 것은 질박함만 못하다. 따뜻이 베푸는 은혜가 무게를 잡는 위엄보다 낫다. 당장 손해로 보여도 양보가 더 많은 것을 가져다준다. 설렁설렁 덜렁대는 것은 개결하고 야무진 단속을 당할 수 없다. 문을 닫아걸고 자신과 마주하는 시간을 많이 갖는 것이 좋다. 안을 비우고 밖을 덜어낸다. 안으로 향하는 시간을 늘리면 밖으로 나돌던 정신이 수습된다. 사람이 차분해지고 내면이 충실해진다.

어후반고

두려운 듯 삼간다

—

馭朽攀枯

옛사람이 마음을 살핀 명銘 두 편을 읽는다. 먼저 이규보李奎報(1168~
1241)의 〈면잠面箴〉.

　　마음이 부끄럽자
　　얼굴 먼저 부끄럽다.
　　낯빛이 빨개지고
　　땀방울 물 흐르듯.
　　사람 대해 낯 못 들고
　　고개 돌려 피한다네.

마음이 하는 것이
너에게로 옮아간다.
무릇 여러 군자들아
의義 행하고 위의威儀 갖춰
속에서 활발케 해
부끄럼 없게 하라.

有愧于心　汝必先耻
色頳若朱　泚滴如水
對人莫擡　斜回低避
以心之爲　迺移於爾
凡百君子　行義且儀
能肆于中　毋使汝愧

얼굴은 마음의 거울이다. 마음의 일이 얼굴 위로 고스란히 떠오른다.
부끄러운 짓을 하면 저도 몰래 얼굴이 빨개져서 고개를 못 든다. 그러니
의로운 길을 가서 얼굴에 부끄러움을 안기는 일이 없도록 하겠다는 다짐
이다.

다음은 이달충李達衷(1309~1384)의 〈척약재잠惕若齋箴〉.

공경치 않음 없고
자기를 안 속여야.
썩은 고삐 말 몰듯이
마른 가지 더위잡듯.

나아갈 땐 물러섬을
편안할 땐 위기 생각.
힘들어도 허물없네
늘 염두에 두어두라.

毋不敬　毋自欺
馭朽索　攀枯枝
進知退　安思危
厲無咎　念在玆

3구와 4구는 고사가 있다. 3구는 《서경》〈오자지가五子之歌〉에 "나는 백성을 대할 때면 썩은 동아줄로 여섯 마리 말을 모는 듯이 겁이 난다. 남의 윗사람이 되어 어찌 조심하지 않겠는가〔予臨兆民, 凜乎若朽索之馭六馬. 爲人上者, 奈何不敬〕"라고 한 데서 나왔다. 4구는 동진東晉 때 은중감殷仲堪이 위태로운 상황으로 "백세 노인이 마른 나뭇가지를 더위잡고 오른다〔百歲老翁攀枯枝〕"고 한 말이 있다.

매사 두려운 듯〔惕若〕 마음을 삼간다. 늘 조심하고 스스로를 속이지 않는다. 썩은 고삐로 수레를 모는 것처럼〔馭朽索〕, 마른 가지를 붙들고 높은 데로 오르는 사람처럼〔攀枯枝〕 전전긍긍한다. 잘나갈 때는 물러설 때를 염두에 두고, 편안하다 싶으면 곧 위기가 닥칠 듯이 살피고 또 살핀다. 그래야 어려운 때를 당해도 문제없이 건너갈 수가 있다.

마음을 몸 밖에 둔 사람이 너무도 많다. 정호程顥가 "마음은 몸 안에 두어야 한다〔心要在腔子裏〕"고 한 까닭이다.

꽃바람이 분다

|

花風陣陣

봄기운이 물씬한 추사의 편지 한 통을 읽는다.

봄의 일이 하마 닥쳐, 한식과 청명에 화풍花風이 연신 붑니다. 과거
추위로 괴롭던 기억은 잊을 만합니다그려. 이때 함咸이 와서 보내신
편지를 받고 보니 기쁜 마음이 가득하군요. 게다가 편히 잘 지내시는
줄 알게 되니 더욱 마음이 놓입니다.

春事已到, 寒食淸明, 花風陣陣. 過去之苦寒, 亦可忘矣. 卽於咸來, 承接惠書,
欣暢滿懷. 且審邇候安勝尤慰.

한식과 청명의 시절에 꽃을 재촉하는 화신풍花信風이 떼 지어 몰려다닌다. 바람이 한번 쓸고 지나가는 자리마다 꽃들이 우르르 피어난다. 겨우내 옹송그려 화로를 끼고 앉아 벌벌 떨던 기억이 언제 적 얘긴가 싶다. 겨울엔 그렇게 춥고 괴롭더니, 이제는 기가 쫙 펴져 온몸에 피가 잘 돈다. 여기에 더해 반가운 그대의 소식까지 들으니 너무 기쁘다는 안부 편지다. 71세 나던 1856년 청명 시절에 썼다. 수신자는 분명치가 않다.

고려 때 충지冲止(1226~1293) 스님은 〈한중잡영閑中雜詠〉에서 이렇게 노래한다.

> 비 온 뒤 담장 아래 새 죽순이 솟아나고
> 뜰에 바람 지나가자 지는 꽃잎 옷에 붙네.
> 온종일 향로에 향 심지 꽂는 외에
> 산집엔 다시금 아무 일도 없다네.
> 雨餘牆下抽新筍　風過庭隅襯落花
> 盡日一爐香炷外　更無閑事到山家

대밭에 죽순이 고개를 내밀기 시작하면, 비 맞은 꽃잎이 옷에 붙는다. 가고 오는 자연의 이치를 물끄러미 내다보며 오늘도 온종일 일 없는 하루를 보냈다. 산사의 시간이 적막한 물속 같다.

다시 노산 이은상의 〈개나리〉란 시조 한 수.

> 매화꽃 졌다 하신 소식을 받자옵고
> 개나리 한창이란 대답을 보내었소.

둘이 다 봄이란 말은 차마 쓰기 어려워서.

"매화꽃잎이 다 떨어졌습니다." "이곳엔 지금 노란 개나리가 한창이지요." 주고받는 글 속에 어느 쪽도 봄이란 말은 입 밖에 내지 않았다. 입에 담는 순간 봄이 문득 달아날까 봐.

미세먼지로 시계가 흐려도 진진陣陣한 화풍에 꽃이 피어 봄이 왔다. 남녘에선 일창일기一槍一旗의 첫 순을 따서 햇차를 덖는 손길들이 분주해질 것이다. 이 봄에 나는 어떤 새 결심을 지을까? 무엇이든 다시 시작해볼 수 있을 것 같은 4월이다.

삿됨을 씻어내자

還源蕩邪

대둔사 승려 호의縞衣(1778~1868)는 다산이 초의草衣 이상으로 아꼈던 제자다. 다산이 세상을 뜬 뒤로도 그는 해마다 두릉斗陵으로 햇차를 만들어 보냈다. 병으로 자리에 누워 있던 다산의 둘째아들 정학유丁學游(1786~1855)가 해남서 온 물건을 받아들자 벌써 종이를 뚫고 차 향기가 진동한다. 그는 급히 봉함을 끌렀다. 차와 함께 편지 한 통이 얌전하게 들어 있다. 편지는 서두가 이렇다.

서편 봉우리에 남은 해여서, 살아생전 서로 만나볼 인연이 없군요. 달빛이 선창禪窓에 비쳐들면 문득 두릉을 생각하곤 했습니다.

마음 간수

35

西峰殘日, 生前無緣相面. 月入禪窓, 忽憶斗陵.

읽다 말고 맑은 눈물이 뚝 떨어진다. 정학유의 《운포시집耘逋詩集》 중 '호의 노사가 두륜산에서 직접 딴 새 차를 보내왔으므로 시로 답례한다(縞衣老師以頭輪山自採新茶見贈, 酬之以詩)'라는 긴 제목의 시에 보이는 사연이다.

건너뛰며 읽는 시는 이렇다.

대숲 아래 이끼가 좋은 차를 길러내어
대광주리 깨끗이 딴 매발톱이 가득하다.
자기 그릇 바람 에워 연기를 흩더니만
돌솥의 눈가루에 구슬 떨기 떠오른다.
신령한 액 혀와 목을 다 적시기도 전에
묘한 향기 먼저 풍겨 살과 뼈에 스미누나.
털구멍 송송송송 땀이 살풋 젖더니만
환원하여 삿됨 씻음 잠깐의 사이일세.
竹下莓苔毓精英　鮮摘筠籃盈鷹觜
瓷盌回風散輕霞　石銚滾雪浮珠蕊
靈液未遍沾舌喉　妙香先通淪肌髓
毛竅淅淅微汗滋　還源蕩邪斯須耳

돌솥의 곤설滾雪은 눈가루처럼 날리는, 차맷돌에 간 떡차 가루를 말한다. 이것을 물에 넣고 함께 끓이자 구슬인 양 물 위로 거품이 떠올랐다. 털구멍마다 촉촉이 땀이 솟아 잠깐 만에 '환원탕사還源蕩邪', 즉 원래 상태로 돌아가 몸속의 삿된 기운이 말끔하게 씻겨지더라고 했다. 차의 효용을 설명한 가장 멋진 표현이다.

조금 건너뛰어 "오호라, 이 같은 일 서른 해나 되었지만, 편지 담긴 두터운 정 처음과 끝 다름없네(嗚呼此事三十年, 緘情滾滾終如始)"라 한 것을 보면 호의의 햇차 선물은 30년째 이어온 일이었다. 경박해져만 가는 세상이라지만 신의와 오가는 정 없이 우리는 아무것도 아니다.

함제미인

눈길 고운 미인은 오는가 안 오는가

|

含睇美人

황산黃山 김유근金逌根(1785~1840)이 자하紫霞 신위申緯(1769~1845)에 게 편지를 보냈다. 서두의 인사가 이랬다.

매화의 일은 이미 지나가고, 수선화는 아직 꽃을 피우지 않았습니 다. 너무 적막하여 마음을 가누기 어려운 아침입니다.
梅事已闌 水仙未花, 正是寂寥難遣之辰.

분매盆梅의 꽃은 이미 시들고, 구근에서 올라온 수반 위 수선화 꽃대는 아직 꽃을 피우지 않았다. 꽃 진 매화 가지에 눈길을 주다가 아직 꽃이 피지 않은 수선화 꽃대로 시선을 옮겨본다. 어디에도 마음을 두지 못하겠다. 그러다가 문득 그대 생각이 나더라는 얘기다.

신위는 답장 대신 〈수선화〉 시 세 수를 지어 보냈다. 그 두 번째 수는 이렇다.

알미운 매화가 피리 연주 재촉터니
고운 꽃잎 떨어져 푸른 이끼 점 찍는다.
봄바람 살랑살랑 물결은 초록인데
눈길 고운 미인은 오는가 안 오는가

無賴梅花擊笛催　玉英顚倒點靑苔
東風吹縐水波綠　含睇美人來不來

시의 사연은 이렇다. "매화가 피면 그대와 함께 달빛 아래 피리를 불며 꽃 감상을 하고 싶었소. 그런데 하마 그 꽃잎이 떨어져 푸른 이끼 위에 흰 점을 찍어놓았다니 애석하구려. 봄바람은 수면 위에 잔주름을 만들고 물빛은 초록이 한층 짙어졌습니다. 이 같은 때 눈길 그윽한 미인은 언제나 그 고운 자태를 피워낼는지요. 우리의 요다음 만남은 수선화가 필 때로 정하십시다."

정학연丁學淵의 척독尺牘을 모아 엮은 《척독신재尺牘新裁》 속의 짤막한 편지 한 통은 사연이 이렇다.

골목길의 수양버들이 이미 아황색鵝黃色을 띠자, 유람의 흥취가 불쑥 솟는군요. 송기떡(餠餠)과 꽃지짐(花糕), 청포묵(菉乳)과 미나리가 요맘때의 계절음식인데, 오늘 아침 시장에서 보았습니다.

　媚媚楊柳, 已作鵝黃色, 使遊興勃然. 餣餅花糕菉乳芹菜, 政是節物. 今朝見
市色也.

　아황색은 노란색에 가까운 연둣빛이다. 가지에 노랗게 물이 오르는가
싶더니 연둣빛의 새잎이 아련히 돋아났다. 청포묵을 쑤어 미나리에 무쳐
먹으니 겨우내 군내나는 묵은 김치에 시큰둥하던 입맛이 단번에 돌아온
다. 송기떡과 꽃지짐도 사람의 마음을 들뜨게 한다. 밖은 떠들썩한데 내
면은 적막하다. 이 꽃봄에 편지로 오가던 옛사람의 마음과 입맛을 생각
한다.

老石花重
戊戌始春 古山

고산 김정호, 〈수선화〉

폐
목
강
심

눈을 감고 마음을 내려놓다

|

閉目降心

소동파가 〈병중에 조탑원을 노닐다〔病中遊祖塔院〕〉라는 시의 5~6구에서
이렇게 썼다.

　　병 때문에 한가함 얻어 나쁘지만 않으니,
　　마음 편한 게 약이지 다른 처방 없다네.
　　因病得閑殊不惡　安心是藥更無方

　몸 아픈 것은 안 좋지만 그로 인해 내면을 돌아볼 기회를 얻었으니 나
쁘지만은 않다는 말이다. 이 말은 선종禪宗의 안심법문安心法門에서 나왔

다. 혜가慧可가 달마達磨에게 물었다. "제 마음이 불안합니다. 가라앉혀주십시오." 달마가 말했다. "그 마음을 이리 가져오너라. 편안하게 해주마." 혜가가 궁리하다가 말했다. "찾아보았지만 못 찾겠습니다.""그럼 됐구나."《경덕전등록景德傳燈錄》에 나온다.

조선시대 이의태李宜泰는 남의 집에 양자로 들어가 잇달아 상喪을 만나고 우환까지 겹치자 마음에 병을 얻어 고질이 되었다. 이른바 공황장애가 온 것이다. 하루는 문득 선현의 가르침 중에서 "눈을 감고 마음을 가라앉히는 것이 화기火氣를 다스리는 좋은 처방이다(閉目降心, 治火良劑)"란 여덟 글자가 떠올랐다. 그는 방문을 닫아걸고 단정히 앉아 8일간 폐목강심 공부를 실행했다. 심기가 차츰 화평해지더니 예전 증세가 씻은 듯이 사라졌다. 이종수李宗洙의 〈근인당이공행장近仁堂李公行狀〉에 나온다.

생각이 길을 못 열면 답답함이 몸속에 화기로 쌓인다. 불은 위로 솟는다. 화기가 돌아 몸을 덥히지 못하고 위로만 뻗치면 정신을 태워 심신의 균형이 무너진다. 눈을 감으면 생각이 괴물로 변해 나를 덮칠 기세더니, 마음을 내려놓자 눈앞에서 차츰 잡생각이 잦아든다.

철석같이 믿었던 사실은 다 거짓이었다. 옳은 말씀은 자기에게만 예외였다. 성실한 노력과 진실의 진정성을 그들은 조롱하고 짓밟았다. 그간 우리는 무엇을 보고 무엇을 들은 걸까? 속지 않으려 눈을 똑바로 뜰수록 마술사의 손짓이 현란해진다. 조용히 눈을 감고 마음을 내려놓자 그 안에 똬리를 튼 욕망의 실체가 보인다. 나라의 큰 병이 황폐해진 우리의 내면을 돌아보게 해주었다. 단전에 든 투명하고 찬 불덩어리가 덩실 떠오른 달처럼 지혜로 빛난다.

사람에게 닥치는 서리

—

肅殺收斂

성대중成大中(1732~1809)이 《청성잡기青城雜記》에서 말했다.

초목을 시들어 죽게 하는 것은 서리다. 시들어 죽게 하는 것은 거두어들이려는 것이다. 사물이 어찌 언제나 왕성할 수만 있겠는가. 그런 까닭에 초목에만 서리가 있지 않고 사람에게도 있다. 전염병은 일반 백성에게 내리는 서리다. 옥사로 국문하는 것은 사대부의 서리다. 흉년은 나라 절반에 해당하는 서리이고, 전쟁은 온 나라에 내린 서리다. 사람에게 서리가 있음은 거두어들이려는 것일 뿐 아니라, 하늘이 경고하여 위엄을 보이는 것인데, 교만하고 방종한 자는 이를 재촉한다.

草木之肅殺者, 霜也. 然肅殺所以收斂也. 物豈能長旺哉. 故非惟草木之有霜, 人亦有之. 癘疫編氓之霜也, 鞫獄搢紳之霜也, 凶荒半國之霜也, 兵燹擧國之霜也. 人之有霜, 匪惟收斂, 天以警威之也. 驕溢者, 速之.

푸른 잎에 서리가 내려 단풍이 된다. 뻗쳐오르던 기운을 거두어 원래의 자리로 돌아간다. 나날이 꽃 시절이요 단풍철일 수는 없다. 인간에게 내리는 서리는 그간 너무 지나쳤으니 낮추고 돌아보라는 일종의 경고음이다. 하지만 교만하고 방종한 사람들은 이 소리를 무시한다. 여전히 오뉴월로 알고 설치다가 하루아침 된서리에 준비 없이 얼어 죽는다.

김수항金壽恒은 〈늦가을 유감(秋晚有感)〉이란 시에서 이렇게 노래했다.

서리 이슬 풀덤불에 내리더니만
정자 언덕 나뭇잎 떨어지누나.
기러기는 물가 추위 깜짝 놀라고
벌레는 산창의 밤 조문을 하네.
유인幽人은 소슬한 새벽 느낌에
홀로 앉아 길게 탄식하노라.
젊은 시절 간대야 얼마나 되리
세월의 빠름은 믿기 어렵네.
근심은 배움에 진전 없는 것
성하고 쇠함은 불변의 이치.
힘써서 촌음조차 아껴 쓰면서
자포자기하지는 말아야겠다.

霜露塗草莽　亭皐木葉下

鴻驚水國寒　蟲弔山窓夜

幽人感蕭晨　獨坐長歔欷

少壯能幾何　光陰疾難恃

所憂學不進　盛衰固恒理

勉勉惜分陰　毋爲自暴棄

　선득한 추위에 깬 새벽잠이 다시 들지 않는다. 나는 너무 늦어버린 느낌이다. 공부에 아무 진전 없이 이렇게 끝나는 건가? 그래도 그는 다짐한다. 이제부터라도 더 시간을 아껴 쓰고, 몸을 함부로 굴리지 말아야지.

생처교숙

생소함과 익숙함의 사이

—

生處敎熟

송나라 때 승려 선본善本이 가르침을 청하는 항주杭州 절도사 여혜경呂
惠卿에게 들려준 말이다. "나는 단지 그대에게 생소한 곳은 익숙하게 만
들고, 익숙한 곳은 생소하게 만들라고 권하고 싶다(我只勸你生處放敎熟, 熟處
放敎生)." 명나라 오지경吳之鯨이 지은《무림범지武林梵志》에 나온다.

생소한 것 앞에 당황하지 않고, 익숙한 곳에서 타성에 젖지 말라는 말
이다. 보통은 반대로 한다. 낯선 일, 생소한 장소에서 번번이 허둥대고,
날마다 하는 일은 그러려니 한다. 변화를 싫어하고 관성대로 움직여 일
상에 좀체 기쁨이 고이지 않는다. 늘 하던 일이 문득 낯설어지고, 낯선
공간이 도리어 편안할 때 하루하루가 새롭고, 나날은 경이로 꽉 찬다.

이 말을 받아 조익趙翼(1579~1655)이 이렇게 부연했다.

생소한 곳은 마땅히 익혀 익숙하게 만들고, 익숙한 곳은 마땅히 연습해 생소하게 만들어야 한다. 이것이 마음공부에서 가장 중요한 방법이다. 쉬지 말고 익혀서 생소한 곳이 날로 익숙해지고, 익숙한 곳이 날로 생소해지게 되어야 공부가 바야흐로 효험이 있게 된다.

生處宜習之使熟, 熟處宜習之使生, 此心術工夫切要之法也. 至於習之不已, 生處日見其熟, 熟處日見其生. 到此, 工夫方始有效矣.

타성에 젖기 쉬운 일상에서 새로운 의미를 찾아내고, 처음 접하는 생소한 일을 손에 익은 일처럼 처리할 수 있어야 한다는 주문이다. 그 단계까지 가려면 쌓아야 할 내공이 만만치가 않다. 〈도촌잡록道村雜錄〉에 나온다. 최한기崔漢綺(1803~1877)도 《추측록推測錄》에서 이렇게 말했다.

사물의 이치를 고요히 관찰해서 추측의 바탕으로 삼고, 사물의 이치를 익숙히 꿰어 추측의 범위로 삼는다. 또 반대로 추측을 가지고 사물의 이치에 징험해보아, 지나친 것은 물리고, 미치지 못하는 것은 나아가게 하며, 생소한 곳은 익숙하게 하고, 지나간 일은 뒷일에서 징험한다.

靜觀物理, 以爲推測之資, 貫熟物理, 以爲推測之範圍. 反將推測, 符驗于物理, 過者抑退, 不及者企就, 生處敎熟, 往事懲後.

인생은 결국 생소함과 익숙함 사이의 줄다리기란 말씀!

소지유모

못난 자가 잔머리를 굴린다

——

小智惟謀

수나라 때 왕통王通(584~617)은 《지학止學》에서 인간의 승패와 영욕에
있어 평범과 비범의 엇갈림이 '지止'란 한 글자에 달려 있다고 보았다. 무
엇을 멈추고, 어디서 그칠까가 늘 문제다. 멈춰야 할 때 내닫고, 그쳐야
할 때 뻗대면 삶은 그 순간 나락으로 떨어진다. 책 속의 몇 구절을 읽어
본다.

군자는 먼저 가리고 나서 사귀고, 소인은 우선 사귄 뒤에 택한다.
그래서 군자는 허물이 적고, 소인은 원망이 많다.

君子先擇而後交, 小人先交而後擇. 故君子寡尤, 小人多怨.

내가 저에게 어떻게 해줬는데 나한테 이럴 수가 있나? 사귐의 순서가 잘못되었기 때문이다.

재주가 높은 것은 지혜가 아니다. 지혜로운 사람은 드러나지 않는다. 지위가 높으면 실로 위험하다. 지혜로운 사람은 그리로 나아가지 않는다. 큰 지혜는 멈춤을 알지만, 작은 지혜는 꾀하기만 한다.
才高非智, 智者弗顯也. 位尊實危, 智者不就也. 大智知止, 小智惟謀.

큰 지혜는 난관에 처했을 때 멈출 줄 알아 파멸로 내닫는 법이 없다. 스스로 똑똑하다 믿는 소지小智는 문제 앞에서 끊임없이 잔머리를 굴리고 일을 꾸미다 제풀에 엎어진다.

지혜가 미치지 못하면서 큰일을 도모하는 자는 무너진다. 지혜를 멈춤 없이 아득한 것만 꾀하는 자는 엎어진다.
智不及而謀大者毁, 智無歇而謀遠者逆.

멈춤을 모르고 기세를 돋워 벼랑 끝을 향해 돌진한다.

권세는 무상한지라 어진 이는 믿지 않는다. 권세에는 흉함이 깃든 까닭에 지혜로운 자는 뽐내지 않는다.
勢無常也, 仁者勿恃. 勢伏凶也, 智者不矜.

얼마 못 갈 권세를 믿고 멋대로 굴면 파멸이 코앞에 있다.

왕노릇 하는 사람은 쟁변爭辯하지 않는다.

말로 다투면 위엄이 줄어든다.

지혜로운 자는 말이 어눌하다.

어눌하면 적을 미혹케 한다.

용감한 사람은 말이 없다.

말을 하면 행함에 멈칫대게 된다.

王者不辯　辯則少威焉

智者訥言　訥則惑敵焉

勇者無語　語則怯行焉

　말로 싸워 이기고 달변으로 상대를 꺾는 것은 잠깐은 통쾌해도 제 위엄을 깎고 상대가 나를 만만히 보게 만든다. 어눌한 듯 아예 말을 멈출 때 가늠할 수 없는 깊이와 힘이 생긴다. 그침의 미학!

과성당살

가을의 소리를 들어라

—

過盛當殺

아침저녁 소매 끝에 느껴지는 기운이 선듯하다. 송강松江 정철鄭澈
(1536~1593)의 시 〈산사야음山寺夜吟〉은 이렇다.

우수수 나뭇잎 지는 소리를
성근 빗소리로 잘못 알고서,
사미 불러 문 나가 보라 했더니
시내 남쪽 나무에 달 걸렸다고.
蕭蕭落木聲　錯認爲疎雨
呼僧出門看　月掛溪南樹

저녁까지 맑았는데 밤들어 창밖에서 빗소리가 들려온다. 사미승에게 좀 내다보라고 했더니 돌아온 대답이 맹랑하다. "손님! 달이 말짱하게 시내 남쪽 나무에 걸려 있는걸요." 비는 무슨 비냐는 얘기다.

사실 이 시는 송나라 구양수歐陽脩의 〈추성부秋聲賦〉의 의경意境에서 따왔다. 밤에 창밖에서 수상한 소리가 난다. 빗방울이 잎을 때리는 소리 같고 집채만 한 파도가 덮쳐오는 소리도 같다. 어찌 들으니 기습해온 적병이 말에 재갈을 물린 채 발자국 소리만 내면서 빨리 이동하는 소리 같기도 하다. 동자에게 내다보랬더니, "별과 달은 밝고, 은하수는 하늘에 걸렸는데, 사방에 사람 소리는 없고 소리가 나무 사이에서 납니다" 하고 대답한다.

구양수가 말한다. 긴 글을 간추렸으므로 따로 원문은 싣지 않는다.

아! 가을의 소리로구나. 가을의 기운은 싸늘해서 사람의 살과 뼈를 찌르고, 그 뜻은 쓸쓸해서 산천이 적막해진다. 무성하던 풀에 이것이 스치면 색깔이 변하고, 나무는 이것과 만나면 잎이 지고 만다. 음악에서 가을은 상성商聲이니 상商은 상傷의 뜻이다. 사물이 늙고 보면 슬프고 상심하게 마련이다〔物既老而悲傷〕. 7월의 음률을 이칙夷則이라 하니, 이夷는 육戮의 의미로, 사물이 성대한 시절이 지나가면 죽음과 마주하게 된다는 뜻이다〔物過盛而當殺〕. 윤기 흐르던 붉은 얼굴은 마른 나무가 되고, 옻칠한 듯 검던 머리는 허옇게 센다.

가을이 왔다. 사물도 절정의 때가 지나면 거둘 줄 안다. 눈부신 신록과 절정의 초록이 지나면 낙엽의 시절이 온다. 그다음은 낙목한천落木寒天이다. 결국엔 흙으로 돌아가는 것이 인생이다. 천년만년 갈 부귀영화란 없다. 하늘은 인간에게 이 이치를 깨닫게 하려고, 성대한 시절이 다 지나갔으니 이제는 그 기운을 죽여 침잠의 시간 속으로 돌아가라고 잎을 저렇게 지상으로 떨구는 것이다.

단원檀園 김홍도金弘道, 〈추성부도秋聲賦圖〉, 호암미술관 소장

적막한 그리움

|

傍無韻人

책꽂이를 정리하는데 해묵은 복사물 하나가 튀어나온다. 오래전 한상
봉 선생이 복사해준 자료다. 다산의 간찰簡札과 증언贈言을 누군가 베껴
둔 것인데, 상태가 희미하고 글씨도 난필이어서 도저히 못 읽고 덮어두
었었다. 확대 복사해서 확대경까지 들이대니 안 보이던 글자들이 조금씩
보인다. 여러 날 걸려 하나하나 붓으로 필사했다. 20여 통 모두 짤막한
단간短簡이다. 유배지의 적막한 나날 속에 사람 그리운 심사가 애틋하다.
세 통만 소개한다.

편지 받고 부인의 병환이 이미 회복된 줄은 알았으나 그래도 몹시 놀라 탄식하였습니다. 제 병증은 전과 같습니다. 제생들이 과거시험을 함께 보러 가서 거처가 텅 비어 적막하군요. 매일 밤 달빛을 함께 나눌 사람이 없는 것이 아쉽습니다. 이만 줄입니다.

奉書審有闥憂, 雖已平復, 驚歎猶深. 弟病狀如昔. 諸生並作科行, 齋居淸寂. 每夜月色, 無與共之者, 爲可恨也. 不具.

지각池閣에 밤이 깊어 산달이 점점 올라오면 텅 빈 섬돌은 마름풀이 떠다니는 듯 너울너울 춤을 추며 옷깃을 당기지요. 홀로 정신을 내달려 복희씨와 신농씨의 세상으로 가곤 합니다. 다만 곁에 더불어 이야기를 나눌 만한 운치 있는 사람이 없는 것이(傍無韻人) 안타깝습니다.

池閣夜深, 山月漸高. 空階藻荇, 翩舞攬衣. 獨往馳神羲農之世, 但恨傍無韻人, 與之談論也.

꽃이 한창 흐드러지게 피었는데 형께서는 건강이 어떠신지요. 보고 싶습니다. 저는 별일 없이 그럭저럭 지냅니다. 봄 동산의 붉고 푸른 빛깔이 날마다 사랑스럽군요. 이러한 때 한번 들르셔서 노년에 봄을 보내며 드는 이런저런 생각들을 달래보는 것이 어떠실는지요. 진작 하인을 시켜 평상을 닦아놓고 기다리고 있으니 혼자 있게 하지 않으시면 고맙겠습니다. 어떠십니까. 이만 줄입니다.

花事方暢, 未審兄體益勝, 慰仰慰仰. 弟省事姑依, 餘無聞. 春園紅綠, 日漸可愛, 際玆一顧, 慰此暮年送春之餘思如何. 早使山丁, 掃榻以待, 幸勿孤如何. 餘不宣.

풍증으로 팔에 마비가 온 상태로 공부에 몰입하면서도 그는 늘 마음을 나눌 수 있는 그 한 사람이 그리웠던 것이다. 20통에 달하는 짧은 편지를 필사하는 사이 다산의 한 시절이 주마등처럼 스쳐 내 안에 단단하게 새겨졌다.

무구지보

허물을 비춰주는 입 없는 보좌관

|

無口之輔

옛사람은 자기 얼굴 보기가 쉽지 않았다. 박물관 구석에 놓인 거무튀튀한 구리거울은 아무리 광이 나게 닦아도 선명한 모습을 보여줄 것 같지 않다. 지금이야 도처에 거울이라 거울 귀한 줄을 모른다.

연암燕巖 박지원朴趾源(1737~1805)은 자기 형님이 세상을 뜨자 이런 시를 남겼다.

형님의 모습이 누구와 닮았던고.
아버님 생각날 땐 우리 형님 보았었네.
오늘 형님 그리워도 어데서 본단 말가.

의관을 갖춰입고 시냇가로 나가보네.

我兄顏髮曾誰似 每憶先君看我兄
今日思兄何處見 自將巾袂映溪行

　세상을 뜬 형님이 보고 싶어 의관을 갖춰입고 냇가로 가는 뜻은 내 모습 속에 형님의 얼굴이 있기 때문이다. 그는 물가에 서서 수면 위를 굽어본다. 거기에 돌아가신 형님이 서 계시다. 그보다 훨씬 전에 세상을 뜨신 아버님도 계시다.

　성호星湖 이익李瀷(1681~1763) 선생은 〈경명鏡銘〉에서 이렇게 썼다.

　　얼굴에 때 묻어도
　　사람은 혹 말 안 하지.
　　그래서 거울은 말없이
　　모습 비춰 허물을 보여준다네.
　　입 없는 보좌관과 한가지거니
　　입 있는 사람보다 한결 낫구나.
　　마음 두어 살핌이
　　무심히 다 드러냄만 어이 같으리.

　　面有汚, 人或不告. 以故鏡不言, 寫影以示咎.
　　無口之輔, 勝似有口. 有心之察, 豈若無心之皆露.

　내가 잘못해도 옆에서 잘 지적하지 못한다. 가까우면 가까워 말 못하고, 어려우면 어려워 입을 다문다. 잘못은 바로잡히지 않은 채 몸집을 불리다가 아차 싶었을 땐 이미 늦어 소용이 없다. 얼굴에 묻은 때처럼 알기 쉬운 것이 없지만 남들이 얘기를 안 해주면 나는 잘 모른다. 곁에 거울이 있으면 굳이 남의 눈에 기댈 일이 없다. 내가 내 모습을 직접 비춰보고 수시로 점검하면 된다. 그래서 성호는 거울을 무구지보無口之輔, 즉 '입 없는 보좌관'이라고 명명했다.

얼굴에 묻은 때는 거울로 확인이 가능하지만 마음에 앉은 허물은 어떤 거울에 비춰야 하나? 종이거울, 즉 책에 비춰 살피면 된다. 주나라 무왕武王은 〈경명〉에서 이렇게 썼다.

거울에 비추어
모습을 보고,
사람에 비추어
길흉을 아네.
以鏡自照 見形容
以人自照 知吉凶

이것은 또 사람거울 이야기다. 어느 거울에든 자주 비춰 밝게 보자.

소림황엽

잎 진 숲의 누런 잎

|

疎林黃葉

비 묻은 바람이 지나자 노랗게 물든 은행잎이 허물어지듯 땅 위로 쏟아진다. 길 위에 노란 카펫이 깔리고 길가에 선 차도 온통 노란 잎에 덮였다. 좀체 속내를 보이지 않던 나뭇가지 사이가 휑하다. 낙목한천의 때가 가까워진 것이다.

김하라 씨가 유만주俞晚柱(1755~1788)의 일기 《흠영欽英》을 엮어 옮긴 《일기를 쓰다》(돌베개)를 읽었다. 그중 낙엽에 대해 말한 1785년 9월 19일 일기의 한 대목이다.

안개는 자욱하고 구름은 어두운데 누런 잎이 어지러이 진다. 가랑

비에 바람이 빗겨 불자 푸른 못에 잔물결이 인다. 계절의 사물은 쓸쓸해도 생각만은 번화하다.

烟沉雲晦, 黃葉亂下. 雨細風斜, 碧沼微瀾. 時物蕭條, 意想繁華.

눈앞의 풍광은 쓸쓸한데 마음속 생각은 번화하다. 낙엽은 존재의 근원을 돌아보게 한다.
이튿날인 9월 20일의 일기에도 낙엽에 대한 사념이 이어진다.

짙은 서리에 잎이 물들어 푸른빛이 자꾸 줄어드는데 여기에도 또한 품격의 차이가 있다. 붉은 잎은 신분 높은 미녀와 비슷하고, 누런 잎은 고승이나 마음이 시원스러운 선비와 같다. 뜻이 몹시 진한 곳과 뜻이 담백한 곳이 있다.

葉染深霜, 靑減分數, 亦有品格之別. 紅葉似貴遊美女, 黃葉如高僧曠士. 極意濃處, 却極意淡.

붉은 단풍잎은 도도한 미녀 같고 누런 잎은 법력 높은 고승이나 뜻 높은 선비 같다. 가을 숲 낙엽의 빛깔에서 농담濃淡의 차이를 읽었다. 그의 눈길은 화려한 미녀 쪽이 아닌 광달曠達한 선비에게로 향한다. 다시 생각이 이어진다.

소림황엽疎林黃葉이란 네 글자는 한번 생각만 해도 비록 지극한 처지의 번화한 사람조차 문득 저도 모르게 쓸쓸해져서 맑고 고요하게 만든다. 이 네 글자야말로 번잡함을 틔워주는 신령스러운 부적이 되기에 충분하다.

疎林黃葉四字, 一念到令人雖極地繁華者, 忽不覺寥然清寂. 是四字足爲曠
閒之神符輿.

소림은 성근 가지만 남은 숲이다. 황엽은 그 아래 떨어진 누런 잎이다.
여린 신록이 짙은 초록을 거쳐 붉고 누런 잎으로 땅에 진다. 번화하던 시
절은 전생에 꾼 꿈같다. 꽃 시절이 좋아도 사람은 안에 소림황엽의 풍경
을 지녀야 세속의 번잡함을 걷어낼 수 있다.

폐추자진

보배로운 몽당빗자루

敝帚自珍

1806년 다산이 혜장惠藏의 주선으로 보은산방寶恩山房에 머물러 있을 때, 그의 제자 미감美鑒이란 승려가 입이 잔뜩 나온 채 다산을 찾아왔다. 제 동무 스님들과 《화엄경》을 공부하다가 '등류과等流果'의 해석을 두고 말싸움이 붙었는데, 다툼 끝에 분이 나서 책 상자를 지고 나온 참이라 했다. 등류과는 뿌린 대로 거둔다는 인과론因果論의 주요 개념이다. 선인善因은 선과善果를 낳고, 악인惡因은 악과惡果를 낳는다는 논리다.

다산은 그에게 몽당빗자루 얘기를 들려준다. "선인이 선과로 맺어지면 기쁘고, 악인이 악과를 맺으면 통쾌하겠지? 하지만 세상일이 어찌 다 그렇더냐? 반대로 되는 수도 많다. 그때마다 기뻐하고 슬퍼한다면 사는 일이 참 고단하다. 따지고 보면 그게 다 제 눈에 몽당빗자루〔敝帚〕니라. 깨달음의 눈으로 보면 다 망상일 뿐이지. 꿈에서 곡을 하면 얼마나 슬프냐. 부르짖을 때는 안타깝기 짝이 없지. 하지만 깨고 나면 한바탕 웃고 끝날 일이 아니냐. 너도 그저 껄껄 웃어주지 그랬니. 그만한 일로 짐을 싸들고 나왔더란 말이냐. 딱한 녀석!"

송나라 때 육유陸游가 〈추사秋思〉에서 이렇게 말했다.

> 떨어진 비녀 주어봤자 어디다 쓰겠는가
> 몽당비 볼품없어도 제겐 또한 보배라네.
>
> 遺簪見取終安用　敝帚雖微亦自珍

길 가다 비녀를 주었다. 남이 쓰던 것을 내 머리에 꽂고 싶지 않으니, 주인에겐 아쉬워도 내게는 쓸데없는 물건이다. 폐추자진敝帚自珍은 제 집에서 쓰는 몽당비가 남 보기엔 아무 쓸모가 없어도, 제 손에 알맞게 길이 든지라 보배로 대접을 받는다는 의미로 쓰는 말이다. 다산초당 정착 초기에 지은 시에서 다산은 "궁한 거처 지은 책이 비록 많지만, 몽당비 천금조차 아까움다네〔窮居富述作, 千金惜敝帚〕"라 했다. 남에게는 별 볼일 없는 저술이지만 자기에겐 천금의 값어치가 있다는 얘기다.

다산의 말씀에 정신이 번쩍 든 미감은 그길로 왔던 곳으로 되돌아갔다. 다산학술재단에서 정리한 《정본 여유당전서》에 새롭게 수록된 〈몽당빗자루의 비유로 미감을 전송하다〔敝帚喩送美鑒〕〉란 글에 실린 사연이다. 누구에게나 애지중지하는 몽당빗자루가 있다. 하지만 남은 그 값을 안 쳐주니 문제와 갈등이 생긴다.

총욕불경

붙잡지 않으면 달아난다

|

寵辱不驚

자기애自己愛가 강한 사람은 남에게 조금 굽히지 않으려다 큰일을 그르치고 만다. 심화心火를 못 다스려 스스로를 태우기에 이른다. 조익이 〈심법요어心法要語〉에서 말했다.

심법의 요체는 많은 말이 필요 없다. 단지 붙든다는 '조操' 한 글자에 달려 있을 뿐이다. 대개 마음이란 붙잡지 않으면 달아나고, 달아나지 않으면 붙잡게 되니, 단지 붙잡느냐 놓아두느냐에 달렸을 따름이다.

心法之要, 不在多言, 只在操之一字而已. 蓋心不操則舍, 不舍則爲操, 只有操與舍而已.

《금단정리서金丹正理書》는 또 이렇게 말한다.

총애와 치욕에 안 놀라니
간목肝木이 절로 편안하다.
동정動靜을 경敬으로써 하자
심화心火가 절로 안정된다.
먹고 마시기를 절도 있게 하니
비토脾土가 새나가지 않는다.
호흡을 조절하고 말을 적게 하자
폐금肺金이 절로 온전해진다.
고요히 욕망을 없애니
신수腎水가 절로 넉넉하다.
생각이 일어남은 두렵지가 않지만
깨달음이 늦어질까 염려할 뿐이다.
생각이 일어남은 병통이지만
이어지지 않게 하면 그것이 약이다.

寵辱不驚　肝木自寧
動靜以敬　心火自定
飮食有節　脾土不泄
調息寡言　肺金自全
恬靜無慾　腎水自足
不怕念起　惟恐覺遲
念起是病　不續是藥

오장五臟을 오행五行에 견주었다. 총욕불경龍辱不驚은 상황에 따라 일희일비하지 않는 태도다. 득의에 기뻐하지 않고 실의에 근심치 않으니 간에 무리가 안 간다. 경敬의 태도를 잃으면 심화가 들끓고, 음식을 절제하지 않아 비장이 상한다. 호흡이 가쁘고 말이 많으면 폐에 문제가 생긴다. 마음을 고요히 내려놓으니 신수腎水가 넉넉하다. 잡념이 많아지면 깨달음이 그만큼 늦어진다. 잠시 생각을 끊고 마음을 내려놓는다.

《채근담》에서는 "총욕에 놀라지 않고 뜰 앞에서 피고 지는 꽃들을 한가롭게 본다. 가고 머묾에 뜻이 없어 하늘 밖의 구름이 말렸다 펴졌다 하는 것에 눈길이 따라간다(龍辱不驚, 閑看庭前花開花落. 去留無意, 漫隨天外雲卷雲舒)"고 했다. 사람들은 잠시 총애를 받으면 금세 으스대고, 잠깐 욕을 보게 되면 분을 못 참고 파르르 떤다. 경솔함으로 쌓아온 공을 허무느니, 입 다문 만근의 무게를 지님이 마땅하다.

덕근복당

역경 속에서 지켜야 할 것들

|

德根福堂

정온鄭蘊(1569~1641)이 1614년 2월, 영창대군 복위 상소를 올렸다가 의금부에 투옥되었다. 감옥에 들며 지은 시다.

삼월이라 삼짇날
젓대 소리 들려온다.
어이해 포승 묶여
복당 문에 혼자 드나.
政是三三節　笙歌處處聞
如何負縲紲　獨入福堂門

삼월 삼짇날이라 밖이 떠들썩하다. 그런데 나는 왜 이 즐거운 날 포승줄에 묶인 채 감옥에 들어가는가?

감옥을 '복당福堂'이라 했다. 이덕무李德懋(1741~1793)는 '지금 사람들이 감옥을 복당이라 하는 까닭'을, 《위서魏書》〈형벌지刑罰志〉에서 현조顯祖가 "사람이 갇혀 고생하면 착하게 살려고 생각한다. 그래서 감방과 복당이 함께 사는 셈이다. 짐은 회개시켜 가벼운 용서를 더하고자 한다(夫人幽苦則思善. 故囹圄與福堂同居. 朕欲改悔, 而加以輕恕耳)"고 한 말에서 찾았다. 《앙엽기盎葉記》에 나온다. 복당이란 표현은 《오월춘추吳越春秋》에서 "화禍는 덕의 뿌리가 되고, 근심은 복이 드는 집이 된다(禍爲德根, 憂爲福堂)"고 한 것이 처음이다.

내게 닥친 재앙을 통해 나는 더 단단해진다. 이때 근심은 오히려 복이 들어오는 출입구가 된다. 재앙을 돌려 덕의 뿌리로 삼고, 근심을 바꿔 복이 깃드는 집으로 만드는 힘은 공부에서 나온다. 사람들이 시련 앞에 속절없이 무너지고 마는 것은 공부를 하지 않기 때문이다.

김윤식金允植(1835~1922)은 감옥에 갇힌 아들의 안위를 근심하며 쓴 긴 시에서 이렇게 적었다.

군자는 궁할 때 굳게 지킴 귀히 여기니
환난에도 평소대로 행동한다.
고요 길러 신기神氣를 온전히 하면
봄바람이 폐부에서 일어나리라.
감방을 복당이라 얘기하는데
이 말이 참으로 틀리지 않네.

마음 간수

君子貴固窮　患難行其素
養靜神氣全　春風生肺腑
囹圄稱福堂　此語定不誤

　시 속의 표현은《논어》에서 "군자는 곤궁 속에서도 굳세지만, 소인은 궁
하면 멋대로 군다(君子固窮, 小人窮斯濫矣)"고 했고,《중용장구中庸章句》14장
에서는 "환난에 처해서는 환난에 맞게 행한다(素患難, 行乎患難)"고 한 말에
서 끌어왔다.
　정온은 그해 가을에 제주도 대정현에 위리 안치되었다. 10년 뒤 인조
반정으로 풀려날 때까지 오로지 학문에만 몰두하며 시련의 시간을 성장
의 동력으로 바꿔나갔다.

조존사망

붙들어야 남고 놓으면 놓친다

———

操存舍亡

마음이 늘 문제다. 하루에도 오만가지 생각이 죽 끓듯 한다. 맹자는 "붙들면 보존되고 놓아두면 달아난다(操則存 舍則亡)"고 했다. 붙들어 간직해야지 방심해 놓아두면 마음이 밖에 나가 제멋대로 논다. 《대학大學》에서는 "마음이 나가면 보아도 보이지 않고, 들어도 들리지 않고, 먹어도 그 맛을 모른다(心不在焉, 視而不見, 聽而不聞, 食而不知其味)"고 했다. 정자程子가 "나가버린 마음을 붙들어와서, 되풀이해 몸 안에 들여놓아야 한다(將已放之心, 反復入身來)"고 말한 것은 이 때문이다.

마음이 달아난 자리에는 잡된 생각이 들어와 논다. 쓸데없는 생각을 깨끗이 닦아내야 영대靈臺가 거울처럼 빛나, 사물이 그 참모습을 드러낸

마음 간수

다. 그래서 옛 선비는 마음을 붙잡아 간직하는 조존操存 공부를 특별히 중시했다. 그것은 계신공구戒愼恐懼, 즉 끊임없이 경계하고 삼가며 두려워하는 마음가짐을 잃지 않는 것이다.

마음을 붙들면 잡념이 사라진다. 잡념이야 누구나 있지만, 중도에 이것을 걷어내느냐, 아니면 거기에 휘둘리느냐의 차이가 있다. 마음을 붙들어두려면 응취수렴凝聚收斂해서 보수정정保守靜定해야 한다. 마음을 응집하여 한 지점으로 거두어 모은다. 그 상태를 잘 간수해 고요하게 안정된 상태로 잘 유지하는 것이 보수정정이다.

붙들어 간직하는 조존은 힘이 들고, 놓아버려 없어지는 사망舍亡은 편할 것 같지만, 사실은 그 반대다. 좋은 일은 늘 힘들다. 애써서 이루는 일이라야 가치가 있다. 거저 얻어지고 저절로 되는 것들은 아무 의미가 없다.

오거伍擧가 말했다.

사사로운 욕심이 넘치면
덕의德義가 드물어진다.
덕의가 행해지지 않으면,
가깝던 사람은 근심하며 멀어지고,
멀던 사람은 어기며 항거한다.

私欲弘侈　則德義鮮少
德義不行　則邇者騷離　而遠者拒違

가까운 사람이 등을 돌렸는가? 먼 사람이 대놓고 대드는가? 그것으로 사사로운 욕심이 지나쳐, 내게 덕의가 사라졌음을 알 수 있다. 통렬하게 반성할 일이지 원망하고 화낼 일이 아니다. 조익이 〈도촌잡록〉에서 쓴 내용을 정리해보았다.

너무 늦은 때는 없다

—

八十種樹

박목월 선생의 수필 〈씨 뿌리기〉에, 은행 열매나 호두를 호주머니에 넣고 다니며 학교 빈터나 뒷산에 뿌리는 노교수 이야기가 나온다. 이유를 묻자 빈터에 은행나무가 우거지면 좋을 것 같아서라고 했다. 언제 열매 달리는 것을 보겠느냐고 웃자 "누가 따면 어떤가. 다 사람들이 얻을 열매인데"라고 대답했다. 여러 해 만에 그 학교를 다시 찾았을 때 키만큼 자란 은행나무와 제법 훤칠한 호두나무를 보았다. 홍익대학교 이야기일 텐데, 그때 그 나무가 남아 있다면 지금은 아마도 노거수老巨樹가 되었을 것이다.

"예순에는 나무를 심지 않는다(六十不種樹)"고 말한다. 심어봤자 그 열매나 재목은 못 보겠기에 하는 말이다.

송유宋愈가 70세 때 고희연古稀宴을 했다. 감자柑子 열매 선물을 받고 그 씨를 거두어 심게 했다. 사람들이 속으로 웃었다. 그는 10년 뒤 감자 열매를 먹고도 10년을 더 살다 세상을 떴다.

황흠黃欽이 80세에 고향에 물러나 지낼 때 종을 시켜 밤나무를 심게 했다. 이웃 사람이 웃었다. "연세가 여든이 넘으셨는데 너무 늦은 것이 아닐까요?" 황흠이 대답했다. "심심해서 그런 걸세. 자손에게 남겨준대 도 나쁠 건 없지 않나?" 10년 뒤에도 황흠은 건강했고, 그때 심은 밤나무 에 밤송이가 달렸다. 이웃을 불러 말했다. "자네, 이 밤 맛 좀 보게나. 후 손을 위해 한 일이 날 위한 것이 되어버렸군."

홍언필의 부인이 평양에 세 번 갔다. 어려서는 평양감사였던 아버지 송질宋軼을 따라 갔고, 두 번째는 남편을 따라 갔으며, 세 번째는 아들 홍 섬을 따라 갔다. 부인이 처음 갔을 때 장난삼아 감영에 배나무를 심었고, 두 번째 갔을 때는 그 열매를 따 먹었다. 세 번째 갔을 때는 재목으로 베 어 다리를 만들어놓고 돌아왔다. 세 이야기 모두 《송천필담松泉筆譚》에 나온다.

너무 늦은 때는 없다. 예순만 넘으면 노인 행세를 하며 공부도 놓고 일 도 안 하고 그럭저럭 살며 죽을 날만 기다린다. 100세 시대에 이 같은 조 로早老는 좀 너무하다. 씨를 뿌리면 나무는 자란다. 설사 내가 그 열매를 못 딴들 어떠랴.

침묵 속에서 나는 깊어진다

—

處靜不枯

명나라 도륭屠隆의 《명료자유冥寥子游》는 관리로 있으면서 세상살이 눈치 보기에 지친 명료자가 상상 속의 유람을 떠나는 이야기다. 그는 익정지담匿情之談과 부전지례不典之禮의 허울뿐인 인간에 대한 환멸과 혐오를 토로하며 글을 시작한다.

익정지담은 정을 숨긴, 즉 속내를 감추고 겉꾸며 하는 대화다. 그 설명은 이렇다.

주인과 손님이 큰절로 인사하고 날씨와 안부를 묻는 외에는 한 마디도 더 하지 않는다. 이제껏 잠깐의 인연이 없던 사람과도 한번 보고는 악수하고 걸핏하면 진심을 일컫다가, 손을 흔들고 헤어지자 원수처럼 흘겨본다. 면전에서 성대한 덕을 칭송할 때는 백이伯夷가 따로 없더니 발꿈치를 돌리기도 전에 등지는 말을 하자 흉악한 도적인 도척盜蹠과 한가지다.

主賓長揖, 寒暄而外, 不敢多設一語. 平生無斯須之舊, 一見握手, 動稱肺腑. 掉臂去之, 轉眄胡越. 面頌盛德, 則夷也, 不旋踵而背語, 蹠也.

부전지례, 즉 전아典雅하지 못한 예법이란 무엇을 말하는가?

손님과 얘기할 때 신분과 관계없이 친한 친구 사이라도 종일 고개 숙여 머리를 조아린다. 하늘과는 무슨 원수라도 졌는지 날마다 멀어지고, 땅과는 어찌 그리 친한지 날로 가까워진다. 귀인이 한번 입을 열기라도 하면 우레 같은 소리로 '예예' 하고, 손만 한번 들어도 머리가 먼저 땅에 조아려진다.

賓客酬應, 無論尊貴, 雖其平交, 終日磬折俛首, 何讐于天, 而日與之遠, 何親于地, 而日與之近. 貴人纔一啓口, 諾聲如雷, 一擧手, 而我頭已搶地矣.

웃는 얼굴로 입속의 혀처럼 굴어도 속내는 다 다르다. 앞에서 하는 말과 뒤에서 하는 말은 하늘과 땅 차이다. 대화는 철저한 계산 속에서만 오간다. 이익이 되겠다 싶으면 배알도 없다. 세상 사람이 저 빼놓고 다 속물들이라고 생각하는 그 인간이 정작 남보다 더한 속물이다.

그렇다면 어찌할까?

나는 이렇게 들었다. 도를 깨달은 사람은 고요함 속에 지내면서도 버썩 마르지 않고(處靜不枯), 움직임 속에 있어도 시끄럽지가 않다(處動不喧). 티끌세상에 살면서도 이를 벗어나 얽맴도 풀림도 없다.

吾聞之. 道士處靜不枯, 處動不喧. 居塵出塵, 無縛無解.

고요 속에서 깊어지는 대신 무미건조해지고, 활동이 많다 보니 말까지 많은 인간이 된다면 거기에 무슨 깨달음이 깃들겠는가? 속내를 감춘 대화, 굴종을 강제하는 갑을관계, 먹고살기 위해 감내해야만 하는 이 모든 것에서 자유로운 유토피아는 어디에 있는가? 지난 시간들이 문득 부끄럽다.

응작여시

더도 덜도 말고 꼭 요렇게만

|

應作如是

세밑의 그늘이 깊다. 흔들리며 한 해를 건너왔다. 장유가 제 그림자를 보며 쓴 시 〈영영詠影〉 한 수를 위로 삼아 건넨다.

등불 앞 홀연히 고개 돌리니
괴이하다 또다시 날 따라하네.
숨었다 나타남에 일정함 없고
때에 따라 드러났다 그늘에 숨지.
홀로 가는 길에 늘 동무가 되고
늙도록 날 떠난 적 한번 없었네.

참으로 몽환夢幻과 한 이치임을
《금강경》게송 보고 알게 되었네.

燈前忽回首　怪爾又相隨
隱見元無定　光陰各有時
獨行常作伴　到老不曾離
夢幻眞同理　金剛偈裏知

등불을 뒤에 두고 앉자 내 앞에 내 그림자가 있다. 내가 고개를 돌리니
저도 돌린다. 반대로 돌리자 저도 똑같이 한다. 그는 등불 앞에서만 제 모
습을 드러낸다. 달빛 아래 홀로 가는 밤길에 그는 나의 길동무였다. 벗과
가족이 나를 떠나도 그는 늘 내 곁을 지켰다. 그를 잊고 지낸 내가 부끄러
워 머리를 긁자 그가 내 머리를 쓰다듬는다. "여보게, 주인공! 나 여기 있
네. 자네에겐 내가 잘 안 보여도 나는 자네를 늘 지켜보고 있었지. 한 해
동안 정말 애썼네. 우리 또 한번 기운을 내자고. 자꾸 허망한 것들에 마음
두지 말고 실답게 살아야지. 작위하지 말고 순리에 따라 사세나."
　7구와 8구는 《금강경》에 나오는 〈사구게四句偈〉를 두고 한 말이다.

일체의 유위법有爲法은
꿈이나 환영 같고 거품이나 그림자 같은 것.
이슬 같고 번개와도 같나니
응당 이같이 살펴야 하리.

一切有爲法　如夢幻泡影
如露亦如電　應作如是觀

인간의 욕망이란 허깨비 꿈에 지나지 않는다. 그것은 흔적 없는 물거품, 그늘에선 사라지는 그림자와 같다. 풀잎 끝의 아침이슬과 허공의 번개는 금세 사라진다. 사람들은 꿈을 좇아 허깨비를 따라, 물거품 같고 아침이슬 같은 허상을 좇느라 자신을 돌아보지 않는다.

응작여시관應作如是觀! 더도 덜도 말고 똑 요렇게 보아라. 삶이 매뉴얼대로만 된다면 얼마나 좋겠는가. 나름껏 열심히 달려온 인생들이 쥔 것 없는 빈손으로 벽 위 제 그림자를 보고 있다. "그래, 그림자 친구! 자네도 수고가 많았네. 참 고마우이. 내년에도 똑같이 나를 지켜주게나." 내가 고개를 끄덕이자 그도 나를 따라 고개를 끄덕인다.

공부의 요령

②

惜福

독서 없는 미래 없다

—

讀書種子

문곡文谷 김수항金壽恒(1629~1689)이 기사환국으로 남인의 탄핵을 받아 유배지에서 사사되기 전 자식들에게 〈유계遺戒〉를 남겼다.

　옛사람은 독서하는 종자種子가 끊어지게 해서는 안 된다고 했다. 너희는 자식들을 부지런히 가르쳐서 끝내 충효와 문헌의 전함을 잃지 않아야 할 것이다.

　　古人云不可使讀書種子斷絶, 汝輩果能勤誨諸兒, 終不失忠孝文獻之傳.

맏아들 김창집金昌集(1648~1722) 또한 왕세제의 대리청정 문제로 소론과 대립 끝에 신임사화 때 사약을 받았다. 세상을 뜨기 직전 자손에게 마지막 당부를 남겼다.

> 오직 바라기는 너희가 화변禍變으로 제풀에 기운이 꺾이지 말고, 학업에 더욱 부지런히 힘써 독서종자가 끊어지는 근심이 없게 해야만 할 것이다.
>
> 惟望汝等勿以禍變而自沮, 益勤學業, 俾無讀書種子仍絶之患, 至可至可.

부자父子의 유언 속에 '독서종자讀書種子'란 말이 똑같이 들어 있다. '나는 부끄럼 없이 죽는다. 너희가 독서종자가 되어 가문의 명예를 지켜다오.' 할아버지의 유언을 아버지의 입을 통해 다시 듣는 손자들의 심정은 어떠했을까? 비원悲願처럼 죽음 앞에서 되뇐 독서종자의 의미가 감동스럽다.

다산도 귀양지 강진에서 두 아들에게 보낸 편지에서 "절대로 과거시험을 보지 못함으로 인해 기죽지 말고 마음으로 경전공부에 힘을 쏟아 독서종자가 끊어지게 해서는 안 될 것이다〔切勿以不赴科自沮, 劬心經傳, 無使讀書種子隨絶.〕"라고 썼다. 폐족의 처지를 비관해 자식들이 자포자기할까 봐 마음 졸이는 아버지의 마음을 담았다.

독서종자가 끊어지면 어찌 되는가? 정조正祖는 《일득록日得錄》에서 "근래 뼈대 있고 훌륭한 집안에 독서종자가 있단 말을 못 들었다. 이러니 명예와 검속이 날로 천해지고, 세상의 도리가 날로 무너져, 의리를 우습게 알고 권세와 이익만을 좋아한다〔近日故家華閥, 未聞有讀書種子. 於是乎名檢日賤而世道日壞, 弁髦義理, 芻豢勢利〕"고 통탄했다.

문곡 김수항 영정, 국립중앙박물관 소장

　독서종자는 책 읽는 종자다. 종자는 씨앗이다. 독서의 씨앗마저 끊어
지면 그 집안도 나라도 그것으로 끝이다. 공부만이 나를 지켜주고 내 집
안, 내 나라를 지켜준다. 독서의 씨앗 없이는 기대할 어떤 미래도 없다.

독서칠결

책 읽기의 일곱 가지 비결

|

讀書七訣

〈독서칠결〉은 성문준成文濬(1559~1626)이 신량申湸을 위해 써준 글이다. 독서에서 유념해야 할 일곱 가지를 들어 경전공부에 임하는 자세를 말했다. 서문을 보면 13세 소년은 워낙 재주가 뛰어났다. 하지만 책을 읽어 가늠하는 저울질의 역량은 아직 갖춰지지 않았다. 《문선文選》을 읽는데 어디서부터 들어가야 할지 몰라 갈팡질팡하고 있었다.

첫째, 한 권당 1~2년씩 집중하여 수백 번씩 줄줄 외울 때까지 읽는다. 다 외운 책은 불에 태워 없애버릴 각오로 읽어야 한다. 그래야 어느 옆구리를 찔러도 막힘없이 나온다.

둘째, 건너뛰는 법 없이 처음부터 끝까지 통째로 읽어야 한다. 어렵다고 건너뛰고 막힌다고 멈추면 성취는 없다.

셋째, 감정을 이입해서 몰입해야 한다. 《논어》를 읽다가 제자가 스승에게 질문하는 대목과 만나면 자기가 묻는 듯이 하고, 성인의 대답은 오늘 막 스승에게서 처음 듣는 것처럼 하면 절실해서 못 알아들을 것이 없게 된다.

넷째, 계통을 갖춰서 번지수를 잘 알고 읽어야 한다. 군대의 대오처럼 정연하게 단락과 구문의 가락을 질서를 갖춰 읽는다. 덮어놓고 읽지 않고 기승전결의 맥락을 두어서 읽는다. 전체 글의 어디쯤에 해당하는지 따져가며 본다.

다섯째, 낮에 읽고 밤에 생각하는 방식으로 되새겨 읽는다. 부산한 낮에는 열심히 읽어 외우고, 고요한 밤에는 낮 동안 읽은 글에서 풀리지 않는 부분을 따져서 깨친다.

여섯째, 작자의 마음속 생각을 얻으려고 노력해야 한다. 옛사람의 정신과 기백을 내 안에 깃들이려면 어린아이 같은 마음을 제거해서 조야한 습속을 밑동째 뽑아버려야 한다.

일곱째, 읽는 데 그치지 말고 자기 글로 엮어보는 연습을 병행하는 것이다. 안으로 구겨넣기만 하고 밖으로 펼침이 없으면 독서의 마지막 화룡점정畵龍點睛은 이뤄지지 않는다.

옛사람에게 독서는 소설책 읽듯 한차례 읽고 치우는 행위가 아니었다. 추려서 새기고 따지고 가려서 꼭꼭 씹어 자기화하는 과정이었다. 성현의 말씀이 내 안에 걸어들어와 내 삶의 전반을 변화시켰다. 많이 읽는 것만 능사가 아니고 깊이 읽어야 한다.

문장의 세 가지 등급

—

文有三等

표현이 멋지거나 화려하다고 좋은 글은 아니다. 내용이 알차다고 해서 글에 힘이 붙지도 않는다. 세상을 보는 자기만의 눈길이 깃들어야 한다. 송나라 때 장자張鎡(1153~1221)가 엮은《사학규범仕學規範》중 작문에 관한 글 두 단락을 읽어본다.

문장을 지을 때는 문자 너머로 따로 한 물건의 주관함이 있어야만 높고 훌륭한 글이 된다. 한유韓愈의 문장은 경술經術로 글을 끌고 나갔고, 두보杜甫의 시는 충의忠義에 바탕을 두었다. 이백李白 시의 묘처는 천하를 우습게 보는 기상에 있다. 이는 보통 사람들이 미치지 못하는 지점이다.

凡爲文章, 須是文字外別有一物主之, 方爲高勝. 韓愈之文, 濟以經術. 杜甫
之詩, 本於忠義. 太白妙處, 有輕天下之氣. 此衆人所不及也.

글을 읽고 그 사람이 보여야 좋은 글이다. 이백 시의 아우라는 술이 얼
큰해서 바라보는 호방한 시선에서 빚어진다. 어떤 권력이나 권위도 그
앞에서는 아무 소용이 없다. 두보의 시를 읽을 때 글자마다 맺힌 그의 성
실한 진심과 위국애민의 마음을 어찌 느끼지 않을 수 있겠는가. 글 너머
로 작동하고 있는 한 가지 물건이 있어야, 어떤 글을 써도 그 사람의 빛
깔이 나온다. 수사가 뛰어나고 주장이 제아무리 훌륭해도 이 한 가지 물
건이 없이는 그저그런 글이 되고 만다. 어찌해야 이 물건을 얻을 수 있
나? 우리가 공부를 계속해야 하는 이유다.

글에는 세 가지 등급이 있다. 상등은 예봉을 감춰 드러내지 않았는
데도, 읽고 나면 절로 맛이 있는 글이다. 중등은 마음껏 내달려 모래
가 날리고 돌멩이가 튀는 글이다. 하등은 담긴 뜻이 용렬해서 온통
말을 쥐어짜내기만 일삼는 글이다.

文字有三等. 上焉藏鋒不露, 讀之自有滋味. 中焉步驟馳騁, 飛沙走石. 下焉
用意庸庸, 專事造語.

덤덤하게 말했는데 뒷맛이 남는다. 고수의 솜씨다. 온갖 재주와 기량
을 뽐내며 내달으니 모래가 날리고 돌멩이가 튄다. 잠깐 사람의 눈을 놀
라게 할 수는 있지만 오래가지 못한다. 별 내용도 없이 미사여구를 동원

해 겉꾸미기에 바쁜 글은 어거지 글이다. 자기만 감동하고 독자는 거들 떠보지 않는다. 생각의 힘을 길러야 글에 힘이 붙는다. 절제를 알 때 여운이 깃든다. 여기에 나만의 빛깔을 입혀야 글이 산다.

좋아야 훌륭하다

唯求其美

글을 어떻게 써야 할까? 이 물음에 대해 명나라 양신楊愼(1488~1559)
이 건네는 대답은 다음과 같다.

번다해도 안 되고 간결해도 안 된다. 번다하지 않고 간결하지 않아
도 안 된다. 어려워도 안 되고 쉬워도 안 된다. 어렵지 않고 쉽지 않아
서도 안 된다. 번다함에는 좋고 나쁨이 있고, 간결함에도 좋고 나쁨이
있다. 어려움에도 좋고 나쁨이 있고, 쉬움에도 좋고 나쁨이 있다. 오
직 그 좋은 것만 추구할 뿐이다.

繁非也, 簡非也, 不繁不簡亦非也. 難非也, 易非也, 不難不易亦非也. 繁有美惡, 簡有美惡, 難有美惡, 易有美惡, 唯求其美而已.

간결하게 쓴다고 좋은 글이 아니고 장황하게 쓴다고 나쁘지도 않다. 쉽고 편해서 훌륭하지 않고, 어렵고 난삽해서 좋은 법도 없다. 이렇게 말하면 사람들은 간결하지도 번다하지도 않은 중간을 취하면 되겠느냐며 되묻는다. 그래도 안 된다. 그러면 어떻게 써야 좋은 글이 될까? 알맞아야 한다. 마침맞으면 된다. 간결해야 할 때 간결하고, 어려워야 할 때 어렵게 쓴다. 길고 자세히 써야 할 대목을 간결하게 넘어가고, 쉽게 쓸 수 있는 것을 굳이 어렵게 쓰면 글이 망한다. 글에는 꼭 이래야 한다는 일정한 법칙이란 없다. 다만 그 상황에 꼭 맞게 쓰면 된다. 그런데 그게 참 쉽지가 않다.

일본의 나가노 호잔長野豊山(1783~1837)은 《송음쾌담松陰快談》에서 앞서 양신이 한 말을 인용한 뒤에 다음의 설명을 덧붙였다.

문장을 논할 때 좋고 나쁨은 묻지 않고, 그저 간결하고 짧아야만 된다고 한다면, 붓을 먹에 흠뻑 적셔 하루아침에 구양수와 소동파의 위로 내달릴 수 있을 것이다. 다만 번다하고 길게 써야 한다고 하면, 종이 가득 글자를 늘어세워 모두 맹자와 한유를 압도할 수가 있다. 글자의 많고 적음을 살펴 문장의 높고 낮음을 판단한다면, 세 살 먹은 어린아이도 모두 고금의 문장에 대해 논할 수 있을 것이다.

論文不問其美惡, 唯簡短而後可, 則濡墨吮筆, 可一朝駕歐蘇之上. 唯繁長而後可, 則綴字滿紙, 皆可厭倒孟韓. 視字之多少, 以爲文之高下, 則三歲童子, 皆可以論定古今文章矣.

상황에 맞고 안 맞고가 있을 뿐 정해진 법칙은 없다. 쓰기만이 아니라 읽기도 같다. 정독할 책은 정독하고 다독할 책은 다독해야지 반대로 하면 안 읽느니만 못하다.

사기만지

'남이 알까 봐'와 '남들이 모를까 봐'

|

死氣滿紙

청나라 때 시학은 당대 고증학의 영향을 받았다. 구절마다 전거典據가 있어 풀이를 달아야만 그 구절을 이해할 수 있었다. 시에서 정서는 사라지고 책을 그대로 베끼는 것이 시 짓기에서 중요한 요소가 되었다. 원매袁枚(1716~1798)가 이 같은 풍조를 혐오해 이렇게 썼다.

근래 시 짓는 사람을 보니 온통 지게미에만 기대어 잗달고 성글기 짝이 없다. 마치 머리 깎은 승려의 돋은 터럭이나 솔기 터진 버선의 실밥처럼 구절마다 주석을 달았다.

近見作詩者, 全杖糟粕, 瑣碎零星, 如剃僧髮, 如坼襪線, 句句加註.

제 말은 하나도 없고 남의 말을 이리저리 얽어, 그것도 풀이 글을 주렁 주렁 달아야만 겨우 이해가 되는 내용을 시라고 쓰고 있으니 시 짓기를 마치 무슨 학문하듯 한다고 했다.《수원시화隨園詩話》에 나온다.

〈답이소학서答李少鶴書〉에서는 또 이렇게 썼다.

근래 시학이 무너진 것은 주석과 풀이로 고상함을 뽐내고 수사를 동원해 해박함을 자랑하는 것이 문제다. 자질구레한 것을 주워모아 죽은 기운이 종이에 가득하니, 한 구절 일곱 글자에도 반드시 작은 주석이 십여 줄이나 된다.

近來詩敎之壞, 莫甚於以注疏誇高, 以塡砌矜博. 捃摭瑣碎, 死氣滿紙, 一句 七字, 必小注十餘行.

또 〈여양난파명부與楊蘭坡明府〉라는 글에서는 "대개 옛사람은 전거를 사용할 때 오직 남이 알까 염려했는데, 지금 사람은 전거를 쓰면서 다만 남이 알지 못할까 봐 걱정한다大抵古人用典, 惟恐人知. 今人用典, 惟恐人不知"고 도 썼다.

반대로 옹방강翁方綱(1733~1818)은 시에서 고증의 한계를 극복하여, 시인과 학인學人이 하나가 되어야 한다는 '이학위시以學爲詩'의 주장을 펼 쳐 원매와 정면에서 대립했다. 그의 영향을 받은 김정희와 신위 등의 시에 는 주석이 으레 주렁주렁 달렸다. 승려 초의는《동다송東茶頌》한 수에 무 려 31개의 각주를 달았다. 수십 권의 다른 출처에서 뽑은 인용문으로 자 신의 식견을 뽐냈다. 막상 그가 인용한 글은 명나라 왕상진王象晋이 엮은 《군방보郡芳譜》중 〈다보茶譜〉에 수록된 내용의 범위를 크게 벗어나지 않왔다. 제 말은 거의 없었던 셈이다.

원매가 또 말했다. "전거를 쓰는 것은 마치 물속에 소금이 녹은 것 같이 하여 다만 짠맛으로 알 뿐 소금의 모양은 보이지 않아야 한다(用典如水中著鹽, 但知鹽味, 不見鹽質)." 제 소리, 제 말을 하자는 말씀!

후피만두

생김새부터 속물이다

—

厚皮饅頭

당나라 때 유종원柳宗元(773~819)이 한유의 문장을 평하며 이렇게 말했다.

세상에서 남의 것을 본뜨거나 슬쩍 훔쳐, 푸른색을 가져다가 흰빛에 견주고, 껍질은 살찌고 살은 두터우며, 힘줄은 여리고 골격은 무른데도, 글깨나 한다고 여기는 자의 글을 읽어보면 크게 웃을 수밖에 없다.

世之模擬竄竊, 取靑媲白, 肥皮厚肉, 柔觔脆骨. 而以爲辭者之讀之也, 其大笑固宜.

글재간만 빼어나고 기운이 약한 글을 나무란 내용이다. 《송음쾌담》에 나온다.

유종원이 제시한 속문俗文의 병폐를 차례로 짚어보자. 먼저 모의찬절模擬竄竊은 흉내내기와 베껴쓰기다. 글은 번드르르한데 제 말은 없고 짜깁기만 했다. 다음은 취청비백取靑媲白이다. 푸른빛과 흰빛을 잇대 무늬가 곱고 아롱져도 실다운 이치는 찾기 힘든 글이다. 다음은 비피후육肥皮厚肉, 즉 껍질은 두꺼워 비곗덩어리이고 그 속의 살마저 퍽퍽해 아무 맛이 없는 무미건조한 글이다. 마지막은 유근취골柔觔脆骨이다. 힘줄이 여리고 뼈는 물러서 외부의 작은 충격에도 휘청 나자빠지는 글이다.

태학사太學士 진공순陳公循이 과거시험장에 감독차 나갔다. 감독관들이 채점을 둘러싸고 의견이 제각각이어서 결론을 내지 못하고 있었다. 그가 답안지를 가져다가 한차례 훑어보더니 "이건 죄다 후피만두厚皮饅頭로군!" 하고는 내던져버렸다. 생긴 것은 만두인데 껍질이 두꺼워 차마 먹기가 괴롭다. 글이 정곡을 꽉 찔러서 정신이 번쩍 들게 해야지, 도대체 무슨 말을 하려는 것인지 알 수조차 없게 썼다는 얘기다.

옛사람은 겉보기만 그럴싸할 뿐 정작 읽을 수 없는 글을 후피만두에 견줬다. 껍질이 수제비처럼 두꺼운 만두가 후피만두다. 모양만 만두지 부드러운 식감은 간데없고 밀가루반죽 덩어리가 밀랍처럼 질겅질겅 씹힌다.

《서학집성書學集成》에도 같은 설명이 보인다.

세상 사람 중에 글씨 획을 두껍게 쓰기 좋아하는 사람이 있다. 이는 후피만두와 다를 바 없으니 먹어보면 분명 맛이 없고 생김새만 봐도 속물임을 금세 알 수 있다.

世之人有喜作肥字者, 正如厚皮饅頭. 食之未必不佳, 而視其爲狀, 已可知其
俗物.

껍질이 두꺼운 만두는 한눈에도 맛이 없어 보인다. 꼭 입에 넣어봐야
아는 것이 아니다.

신기위괴

혼동하기 쉬운 것들

—

新奇爲怪

성대중이 〈질언質言〉에서 말했다.

나약함은 어진 것처럼 보이고
잔인함은 의로움과 혼동된다.
욕심은 성실함과 헷갈리고
망령됨은 곧음과 비슷하다.

懦疑於仁　忍疑於義
慾疑於誠　妄疑於直

나약함은 어짊과 거리가 먼데 사람들이 자칫 헷갈린다. 잔인한 행동이 의로움으로 포장되는 수가 많다. 욕심 사나운 것과 성실한 것을 혼동하면 주변이 힘들다. 망령된 행동을 강직함으로 착각하면 안 된다.

또 말했다.

청렴하되 각박하지 않고
화합하되 휩쓸리지 않는다.
엄격하나 잔인하지 않고
너그러워도 느슨하지 않다.

淸而不刻　和而不蕩
嚴而不殘　寬而不弛

청렴의 이름으로 각박한 짓을 한다. 화합한다더니 한통속이 된다. 엄격함과 잔인함은 구분이 필요하다. 너그러운 것과 물러터진 것은 다르다.

명나라 장홍양張洪陽이 〈담문수어談文粹語〉에서 말했다.

지금 사람들은 글을 지을 때 어렵고 난해한 구절을 두고 스스로 새롭고 기이하다고 하나 사실은 괴상망측한 줄 잘 모른다. 배배 꼬아둔 뜻을 스스로 정밀하게 통하였다고 하지만 사실은 어그러진 것인 줄 모른다. 잔뜩 늘어놓은 가락을 제 딴에는 창대하다고 하지만 붕 뜬 것인 줄은 모른다. 생경하고 껄끄러운 말을 스스로 웅장하고 건실하다 하나 비쩍 마른 것인 줄 알지 못한다. 경박하고 들뜬 얘기를 원만하고 빼어나다고 하나 조잡한 것인 줄 알지 못한다. 흔해빠져 속된 말을 제 딴에는 평탄하고 바르다고 하지만 실제로 진부한 것인 줄은 알지 못한다.

今人作文, 多爲艱險之句, 自謂新奇, 而不知其爲怪. 多爲鉤深之意, 自謂精透, 而不知其爲詭. 多爲蔓衍之調, 自謂昌大, 而不知其爲浮. 多爲生澁之語, 自謂莊健, 而不知其爲枯. 多爲輕佻之談, 自謂員逸, 而不知其爲野. 多爲庸俗之詞, 自謂平正, 而不知其爲腐.

저는 신기한 표현이라 뽐내는데 사람들은 괴상망측하다고 본다. 말을 비비 꼬아놓고 꼼꼼하게 썼다고 하나 정작 무슨 말인지 알 수 없다. 만연체로 늘어놓고 스케일이 큰 것으로 착각하면 오산이다. 알아먹지 못할 말과 웅장한 글도 헷갈리기 쉽다. 속스러운 말을 평이한 말과 구분 못하면 글이 진부해진다.

사람은 엇비슷해 보이는 것을 제대로 분간해야 한다. 그저 보면 비슷해도 살펴보면 하늘과 땅 차이다.

당면토장

벽에 대고 말하기

|

當面土墻

다산이 이재의李載毅와 사단四端에 대해 논쟁했다. 이재의가 다산의 주장에 대해 논박하는 글을 보내왔는데 논점이 완전히 어긋났다. 가만있을 다산이 아니다.

이달 초 주신 편지에서 사단에 관한 주장을 차분히 살펴보았습니다. 제가 말씀드린 것과 큰 차이가 없더군요. 노형께서 많은 사람 틈에 앉아 날마다 시끄럽게 지내시다가, 이따금 한가한 틈을 타서 대충 보시기 때문에 제 글을 보실 때도 심각하게 종합하여 분석하지 못하는 듯합니다. 주신 글의 내용이 제 말과 합치되는데도 결론에서는 마치 이론異論이 있는 것처럼 말씀하셨더군요. 또 혹 제 주장은 애초에 그런 뜻이 아니었는데, 주신 글에서는 한층 더 극단적으로 나가기도 했으니, 이는 모두 소란스러운 중에 생긴 일입니다. 지금 크게 바라는 것은, 반드시 우리 두 사람이 앞에는 푸른 바다가 임해 있고 뒤에는 솔바람이 불어오는 완도의 관음굴觀音窟로 함께 들어가 보고 듣는 것을 거두고 티끌세상을 벗어나, 마음속에서 환한 빛이 나오게끔 하는 것입니다. 그런 뒤에야 저의 당면토장當面土墻, 즉 담벼락을 맞대고 있는 듯한 답답함과 노형의 장공편운長空片雲, 곧 드넓은 하늘에 걸린 조각구름 같은 의심이 모두 툭 트여서 말끔히 풀릴 것입니다. 그렇지 않고는 비록 10년 동안 편지를 주고받는다 해도 반드시 한곳으로 귀결될 리가 없을 것입니다. 이것이 감히 두 번 다시 말하지 않겠다고 한 까닭입니다.

四端說, 靜觀月初來敎. 與鄙人所言, 不甚相遠. 大抵老兄坐入海中, 恒日擾擾聒聒, 時或儵隙瞥看, 故看鄙人文字, 原不能刻深綜覈. 或來敎與鄙言相合, 而惟其結語有若異論者然. 又或鄙說初無是意, 而來敎激進一層, 總是紛擾中事. 今之所大願者, 必兩人相攜入荒島之觀音窟, 前臨滄海, 背負松風, 收視息聽, 絶塵超世, 使虛室生白. 然後鄙人之當面土墻, 老兄之長空片雲, 兩皆開豁, 渙然相釋. 不然, 雖十年往復, 必無歸一之理. 此所以不敢再言者也.

〈답이여홍答李汝弘〉에 나온다.

다산은 어지간히 분했던 모양이다. 글을 읽고 느낀 심정을 당면토장, 즉 흙벽과 마주하고 앉은 느낌이라고 적었다. 편지의 속내는 이렇다. '글을 잘 보았다. 논점도 없고, 결국 같은 이야기를 엄청 다른 이야기처럼 했다. 분답한 중에 호승지심好勝之心으로 쓴 때문이 아니냐. 아무도 없는 완도의 관음굴로 함께 들어가 끝장토론을 벌이자. 이런 식으로는 10년간 토론해도 제 소리만 하다가 끝날 것이다.'

　들지도 않고 언성부터 높이지만 결국은 같은 소리다. 처음부터 알맹이는 중요하지도 않았다. 다르다는 소리만 들으면 된다. 지금도 사람들은 같은 말을 다른 듯이 사생결단하고 싸운다.

행역방학

모든 것이 다 공부다

—

行役妨學

이삼환李森煥(1729~1814)이 정리한 《성호선생언행록》의 한 단락.

　여행은 공부에 몹시 방해가 된다. 길 떠나기 며칠 전부터 처리할 일에 신경을 쓰고 안장과 말, 하인을 챙기며 가는 길을 점검하고 제반 경비까지 온통 마음을 쏟아 마련해야 한다. 돌아와서는 온몸이 피곤하여 심신이 산란하다. 며칠을 한가롭게 지내 심기가 겨우 안정된 뒤에야 다시 전에 하던 학업을 살필 수가 있다. 우임금도 오히려 촌음의 시간조차 아꼈거늘 우리가 여러 날의 시간을 헛되이 허비한다면 어찌 가석하지 않겠는가?

行役甚妨於學. 自啓程前三數日, 行事關心, 鞍馬僕從, 道塗盤纏, 皆費心營
辨. 及其歸返, 筋骸憊困, 心神散亂. 待閑養數日, 心安氣降. 然後方始復理前
業. 大禹猶惜寸陰, 吾輩枉費了幾多日子, 豈非可惜?

공부하는 사람은 여행조차 삼가야 한다는 말씀이다. 일상의 리듬이 한
번 깨지면 회복에 시간이 걸린다. 공부는 맥이 끊기면 다시 잇기 어렵다.
애써 쌓아가던 공부가 제자리를 잡기까지 다시 여러 날을 허비해야 하
니 금쪽같은 시간이 너무도 아깝다. 이삼환은 이 말 끝에 "이 때문에 사
람들이 선생의 학문이 주로 주정궁리主靜窮理에 있음을 알았다"고 적었
다. 주정궁리란 고요히 내면에 침잠해서 따지고 살펴 궁구하는 공부를
말한다.

반대로 홍길주洪吉周는《수여방필睡餘放筆》에서 이렇게 썼다.

문장은 다만 독서에 있지 않고, 독서는 다만 책 속에 있지 않다. 산
천운물山川雲物과 조수초목鳥獸草木의 볼거리와 일상의 자질구레한 사
무가 모두 독서다.

文章不但在讀書, 讀書不但在卷帙. 山川雲物鳥獸草木之觀, 及日用瑣細事
務, 皆讀書也.

책 읽는 것만 공부가 아니고 일상의 일거수일투족, 눈과 귀로 들어오
는 모든 것이 다 독서요 공부거리라고 보았다.

그는 여기서 그치지 않고《수여방필》에 비슷한 노정이었음에도 전혀
달랐던 두 차례의 여행길을 비교한 흥미로운 글을 남겼다. 삼형제가 1박

2일 동안 가마를 타고 새벽에 출발해 이튿날 석양에 돌아온, 그리고 갈 때마다 비를 만났던 두 차례의 여행길이 같으면서도 전혀 다른 천하의 지극한 문장이었다면서, 세세하게 비교했다.

성호 이익은 여행이 공부에 방해가 된다 했고, 홍길주는 여행이 그 자체로 공부라 했다. 누구 말이 옳을까? 둘 다 맞다.

조병추달

하나로 꿰어 주르륵 펴다

—

操柄推達

1553년 김주金澍(1512~1563)가 북경에 갔다. 밤중에 《주역》 읽는 소리가 들려왔다. 깊은 밤 불 밝힌 방 하나가 있었다. 이상한 생각이 들어 그를 불러 연유를 물었다. 그는 절서浙西에서 과거시험을 보기 위해 북경에 온 수험생이었다. 시험에 낙방해 집에 돌아가지 못하고 연관燕館에서 날품을 팔며 다음 과거를 준비한다고 했다.

김주는 그에게 비단을 선물하고 즉석에서 조선 부채에 글을 써주었다.

대나무로 깎은 것은 절개를 취함이요
종이를 바른 것은 깨끗함을 취해설세.

머리 쪽을 묶음은 일이관지━以貫之 그 뜻이고
꼬리 쪽을 펼치는 건 만수萬殊 다름 보임이라.
바람을 일렁이면 더위를 씻어주고
먼지가 자욱할 땐 더러움을 물리치지.
자루를 잡았으니〔操柄〕 베풂이 내게 있어
필요할 때 쓴다면 미뤄 달함〔推達〕 문제없다.
오직 저 만물은 태극을 갖췄으니
한 이치 궁구하여 얻음이 있을진저.
아! 날품 팔며 오히려《주역》공부 너끈하니
어이 이 부채로 법도 삼지 않으리.

削以竹 取其節也　塗以紙 取其潔也

束厥頭 一以貫也　廣厥尾 殊所萬也

風飄飄 熱可濯也　塵漠漠 汚可却也

操者柄 施在我也　用必時 推達可也

惟萬物 具太極也　究一理 爰有得也

噫 賣兔猶足以作易　盍於玆扇以爲則

　부채는 살이 하나로 꿰어져 손잡이가 되고, 좌르륵 펴면 가지런히 펼쳐진다. 여기서 그는《주역》의 이일만수理一萬殊를 읽었다. 하나의 이치가 만물 속에 저마다의 모습으로 간직되어 있다. 그러니 조병추달操柄推達, 즉 자루〔柄〕를 꽉 잡고서 확장하여 어디든 이를 수가 있으리라. 그대가 지금은 품을 팔며 고단하나 이렇듯 공부에 힘쓰니 앞날이 크게 열리리라는 덕담이었다.

10년 뒤인 1563년에 김주가 변무사辨誣使로 다시 북경에 갔다. 하루는 한 재상이 사신의 숙소로 김주를 찾아왔다. 살펴보니 예전《주역》을 외우던 그 품팔이꾼이었다. 김주의 격려에 고무되어 부채를 쥐고 공부해서 과거에 급제해 예부시랑이 되어 있었다. 그의 주선으로 종계변무宗系辨誣의 해묵은 숙제를 해결할 수 있었다.

조병추달! 자루를 꽉 잡고 필요할 때 미루어 쓴다. 눈앞의 삶이 고단해도 뜻을 꺾지 않는다.

붓의 네 가지 미덕

尖齊圓健

첨제원건은 붓이 갖춰야 할 네 가지 미덕이다.

첫째는 첨尖이다. 붓끝은 뾰족해야 한다. 끝이 가지런히 모아지지 않으면 버리는 붓이다.

둘째는 제齊다. 마른 붓끝을 눌러 잡았을 때 터럭이 가지런해야 한다. 터럭이 쪽 고르지 않으면 끝이 갈라져 획이 제멋대로 나간다. 붓을 맬 때 빗질을 부지런히 해서 터럭을 가지런히 펴야 한다. 한쪽으로 쏠리거나 뭉치면 쓸 수가 없다.

셋째가 원圓이다. 원윤圓潤, 즉 먹물을 풍부하게 머금어 획에 윤기를 더해줄 수 있어야 한다. 한 획 긋고 먹물이 다해 갈필이 나오거나 먹물을 한꺼번에 쏟아내 번지게 하면 못 쓴다. 또 어느 방향으로 운필을 해도 붓이 의도대로 움직여주어야 한다.

넷째는 건健이다. 붓의 생명은 탄력성에 있다. 붓은 가운데 허리 부분을 떠받치는 힘이 중요하다. 종이 위에 붓을 댔을 때 튀어오르지 않고 퍼지면 글씨를 쓸 수가 없다. 탄성이 너무 강하면 획이 튀고, 너무 없으면 붓을 일으켜 세울 수가 없다.

이 네 가지 요소를 갖춘 붓을 만들려고 족제비털 황모와 다람쥐털 청모, 노루 겨드랑이털 장액獐腋, 염소털 양모羊毛, 그밖에 뻣센 돼지털과 쥐수염 등 다양한 짐승의 털을 동원했다. 빳빳한 토끼털로 기둥을 세우고, 청모나 황모로 안을 채우며, 족제비털로 옷을 입힌 붓을 최상으로 쳤다. 털의 산지도 가렸고 채취 시기가 가을인지 봄인지도 꼼꼼히 따졌다.

붓만 그렇겠는가? 사람도 마찬가지다. 물러터져 사람 좋다는 소리만 들어서는 큰일을 못한다. 사람도 끝이 살아 있어야 마무리가 찰지다. 행동에 일관성이 있고, 행보를 예측할 수 있어야지, 이리저리 튀면 뒷감당이 안 된다. 또 원만하고 품이 넓어야 한다. 공연히 팩팩거리기만 하고 머금어 감싸안는 도량이 없으면 아랫사람이 따르지 않는다. 뒷심이 있어 부하의 바람막이가 되어주고, 상관의 부당한 압력에는 튀어오르는 결기도 필요하다. 눈치만 보다 제풀에 푹 퍼져서는 큰일을 맡을 수 없다.

붓만 좋다고 글씨가 덩달아 좋아지는 것은 아니다. 도구를 잘 갖추고 바른 자세로 피나는 연습을 쌓아야 한다.

유산오계

등산할 때 지켜야 할 다섯 가지

|

遊山五戒

조선시대에는 천하의 해먹기 어려운 일에 '금강산 중노릇'을 꼽았다. 시도 때도 없이 기생을 끼고 절집에 들어와 술판을 벌이는가 하면, 승려를 가마꾼으로 앞세워 험한 산속까지 유람했다. 폭포에서는 승려가 나체로 폭포 물길을 타고 내려와 연못에 떨어지는 스트립쇼까지 했다. 그들은 도대체 한 발짝도 걸으려 들지 않았다. 술 먹고 놀기 바빴다. 접대가 조금만 부실하면 매질까지 했다.

홍백창洪百昌(1702~?)이 〈유산보인遊山譜引〉에서 산을 유람할 때 경계해야 할 다섯 가지를 꼽았다.

첫째, 관원과 동행하지 말라. 공연히 관의 음식이나 물품에 기대게 되고, 관장이 욕심 사납게 높은 곳까지 말 타고 오를 때 덩달아 따라가다 보면 유람의 흥취가 사라지고 만다.

둘째, 동반자가 많으면 안 된다. 마음이 다르고 체력도 같지 않아 혼자 마음대로 가고 쉬는 것만 못하다.

셋째, 바쁜 마음을 버려야 한다. 일정에 너무 욕심을 내면 거처간 지명만 주마간산走馬看山 격으로 적어와 다른 사람에게 뽐내는 꼴이 된다. 시일을 한정하지 말고 멀고 가까움도 따지지 말며, 마음으로 감상하고 흥취를 얻는 것을 기쁨으로 삼아야 한다.

넷째, 승려를 재촉하거나 나무라면 안 된다. 승려들은 산속의 주인인데 그들을 소와 말처럼 부리고, 작은 허물에도 매질까지 해대니 우선 점잖지 못하다. 또 그들이 괴로움을 견디지 못해 일부러 아름다운 경관을 감춰두고 보여주지 않으면 결국 내 손해다.

다섯째, 힘을 헤아려 일정을 가늠한 뒤에 움직여라. 힘을 삼분해서 일분은 가는 데 쓰고 이분은 돌아오는 데 쓴다. 가는 데 힘을 다 쓰면 돌아올 때 반드시 큰 근심이 생긴다. 근력을 헤아려 노정을 따져가며 가고 머묾을 정해야 한다.

박제가는 묘향산 유람을 마친 후 쓴 〈묘향산소기妙香山小記〉 끝에 이렇게 적었다. "대저 속된 자는 선방禪房에서 기생을 끼고서 물소리 옆에다 풍악을 펴니 꽃 아래서 향을 사르고, 차 마시며 과일을 놓는 격이다." 누가 산속에서 풍악 잡히고 논 기분이 어떻더냐고 묻자, "내 귀에는 다만 물소리와 승려가 낙엽 밟는 소리만 들립디다"라고 대답했다. 어이 산행뿐이랴. 세상 사는 마음가짐도 다를 게 없다.

산사람이 갖춰야 할 다섯 조목

|

山人五條

　　1600년(가정 17년) 소주苏州 사람 황면지黃勉之는 과거시험을 보려고 상경하던 중이었다. 길에서 《서호유람지西湖遊覽志》를 지은 전여성田汝成과 만나 화제가 서호西湖의 아름다운 풍광에 미쳤다. 황홀해진 그는 시험도 잊고 그길로 서호로 달려가 여러 달을 구경하고서야 그쳤다. 전여성이 감탄하여 말했다. "그대는 진실로 산사람(山人)이오." 그러고는 산사람이 갖춰야 할 다섯 가지 조목을 다음과 같이 나열했다.

　　첫째는 산흥山興이다. 산사나이는 "산수에만 탐닉하여 공명功名을 돌아보지 않는다(癖眈山水, 不顧功名)". 산에 미쳐 산에만 가면 없던 기운이 펄펄 난다.

둘째는 산족山足이다. "깡마른 골격에 가벼운 몸으로 위태로운 곳을 오르고 험지를 건너간다. 번거롭게 지팡이와 채찍을 쓰지 않고도 오르내리는 것이 마치 나는 것 같다(瘦骨輕軀, 乘危涉險. 不煩筇策, 上下如飛)." 산을 타는 기본 체력을 갖췄다.

셋째는 산복山腹이다. "맑은 풍광을 목격하면 문득 취한 듯 배가 불러, 밥은 하루에 한 끼면 그만이고 물은 하루 열 번만 마시면 된다(目擊清輝, 便覺醉飽. 飯才一溢, 飲可曠旬)." 체질 자체가 산행에 최적화되어 있다.

넷째는 산설山舌이다. "산의 형세를 말할라치면 형상의 오묘함을 낱낱이 묘사하고, 산수의 빼어난 곳을 깊이 음미하여 시로 읊으니 마치 역아易牙의 요리에 입에 침이 흐르는 것과 같다(談說形勝, 窮狀奧妙. 含腴咀雋, 歌咏隨之, 若易牙調味, 口欲流涎)." 유람한 산수를 꼼꼼한 기록으로 남기는 근면함을 갖췄다.

다섯째는 산복山僕이다. 복僕은 하인을 말한다. "뜻이 통하는 하인이 싫다 않고 따라오며 기이한 경치를 찾아내고 숨겨진 곳을 들춰내어 주인에게 알려준다(解意蒼頭, 追隨不倦. 搜奇剔隱, 以報主人)." 표정만 보고도 뜻이 통하는 조력자가 있다.

산에 대한 흥취, 산을 타는 체력, 산행에 최적화된 체질, 기록으로 남기는 성실성, 훌륭한 조력자, 이 다섯 가지가 산행에서 요구되는 산사람의 조건이다. 특히 네 번째가 중요하다. 명나라 주국정朱國楨(1558~1632)이 지은 〈황산인소전黃山人小傳〉에 나온다.

맹봉할갈

소리만 질러대며 몽둥이로 때리다

|

盲棒瞎喝

추사 김정희는 불교에 조예가 깊었다. 초의에게 보낸 편지에는 중국의 선맥禪脈과 선리禪理에 대해 전문적 식견을 피력한 내용이 적지 않다. 100권에 달하는 《법원주림法苑珠林》과 《종경전부宗鏡全部》를 구해 모조리 독파하기까지 했다.

선운사의 백파白坡 긍선亘璇(1767~1852)에게 보낸 〈백파망증15조白坡妄證十五條〉와 이에 이은 서한은 선禪에 대한 추사의 독선과 기고만장으로 가득하다. 《완당집》 중 초의에게 보낸 일곱 번째 편지에 이런 내용이 있다.

근래 《안반수의경安般守意經》을 얻었소. 이는 선가의 장서 중에서도 드물게 있는 것이오. 선가禪家에서는 매번 맹봉할갈盲棒瞎喝로 흑산귀굴黑山鬼窟을 만들어가면서도 이러한 무상無上의 묘체妙諦를 알지 못해 사람으로 하여금 슬프고 민망하게 하는구려.

近得安般守意經, 是禪藏之所希有. 禪家每以盲捧瞎喝, 做去黑山鬼窟, 不知此無上妙諦, 令人悲憫.

《안반수의경》은 들숨과 날숨을 살피는 수행법으로 소승불교의 초기 경전이다. 당시 선가에서 화두 중심의 선수행만을 고집해서, 깨달음을 묻는 제자들에게 진정한 각성 없이 덕산의 몽둥이(棒)와 임제의 할(喝)을 퍼부어, 맹목적인 봉(盲棒)과 눈먼 할(瞎喝)이 되고 말았다는 탄식이다. 깨달음이 없는 스승이 깨달음을 구하는 문하에게 우격다짐으로 몽둥이질과 고함만 질러댄다. 제자는 그 몽둥이를 맞고도 길을 몰라 답답하니, 그 결과 산중은 캄캄한 산에 귀신만 날뛰는 흑산귀굴이 되어 선풍禪風이 나날이 황폐해지고 있다고 일갈했다.

추사는 이 표현을 백파에게 보내는 편지에서 두 번이나 더 썼다. 여기서는 화두로 사람을 가르치는 것이 하나의 맹갈할봉盲喝瞎棒에 불과하다고 주장했다. 화두가 나오기 전에 깨달은 자가 이후보다 훨씬 더 많은 것이 그 증거가 아니냐고도 했다.

깨달음을 묻는데 몽둥이로 때리고 할을 내지른다. 화두만 들면 깨달음이 오는가? 몽둥이와 고함으로 깨닫게 될까? 봉과 할은 방편인데 이것이 목적이 되니 습관적이고 상투적인 행위가 되고 만다. 추사가 스무 살 위인 대선백大禪伯 백파에게 던진 말버릇은 고약하고 일방적이지만, 종종 수단과 목적을 혼동하는 우리에게 하나의 경계가 된다.

관규여측

대롱 구멍으로 하늘을 보다

—

管窺蠡測

《운부군옥韻府群玉》에 "촉蜀 땅에 납어魶魚가 있는데 나무를 잘 오르고 아이의 울음소리를 낸다. 맹자가 이를 몰랐다"고 썼다.《오잡조五雜組》에는 "지금 영남에 예어鯢魚가 있으니 다리가 네 개여서 늘 나무 위로 기어오른다. 점어鮎魚도 능히 대나무 가지에 올라 입으로 댓잎을 문다"고 했다.

맹자가 '되지 않을 일'의 비유로 나무에 올라가 물고기를 찾는다는 연목구어緣木求魚의 표현을 쓴 일이 있다. 혹자는 이 물고기들의 존재를 진작 알았더라면 맹자가 이 같은 비유를 쓰지 않았으리라 말한다. 윤기尹愭 (1741~1826)는 상리常理를 벗어난 예외적 경우로 일반화시키는 오류를 지적하며 〈한거필담閒居筆談〉에서 이렇게 말했다.

세상에서 관규여측管窺蠡測의 소견으로 함부로 남을 논하는 것이
모두 이 같은 종류다. 그 폐단은 마침내 반드시 연석燕石을 보배로 보
아 화씨和氏의 박옥璞玉을 버려야 한다고 말하거나, 산계山鷄를 귀히
여겨 봉황이 상서롭지 않다고 비방하는 데까지 이른다.

世之以管窺蠡測之見, 妄論他人者, 皆是類也. 其弊終必至於寶燕石, 而謂和
璞可棄, 貴山鷄而詆鳳凰非瑞.

관규여측은 대롱의 구멍으로 하늘을 살피고, 전복 껍데기로 바닷물의
양을 헤아린다는 뜻이다. 좁은 소견의 비유로 쓴다. 연석은 옥과 비슷하
게 생겼지만 그냥 돌이다. 송나라 사람이 보옥으로 알고 애지중지하다가
망신만 크게 샀다. 초나라 행인은 산계를 봉황으로 잘못 알아 큰돈을 주
고 샀다. 임금에게 바치려다 산계가 죽자 봉황을 잃었다며 발을 굴렀다.
윤기의 말이 이어진다.

지금 사람들은 조금만 서사書史를 섭렵하고 나면 문득 함부로 잘난
체하여 저만 옳고 남은 그르다 한다. 한 편의 기이한 글을 보면 스스
로 세상에 우뚝한 학문으로 여기고, 어려운 한 글자를 외우고는 남보
다 뛰어난 견해로 생각한다. 어쩌다 한 글자의 음을 세상에서 잘못
읽는 줄 알게 되면 그 무식함을 비웃는데, 정작 자기 또한 무수히 오
독한 줄은 알지 못한다. 또 어쩌다 사람들이 잘 모르는 몹시 궁벽한
구절을 찾고서는 고루하다고 비웃으나, 정작 자기 또한 얼마나 많이

모르는지는 알지 못한다. 어떤 이는 남에게 묻는 것을 부끄럽게 여겨 잠시 얼버무려 자취를 감추기도 하고, 어떤 이는 어리석은 자들에게 뽐내며 과장을 일삼아 명성을 훔치기도 한다. 이 같은 무리가 세상에 온통 가득하다.

今人稍能涉獵書史, 則輒妄自尊大, 是己非人. 見一奇文, 則自以爲高世之學, 記一難字, 則自以爲出人之見. 偶識一字音之世所誤讀, 則笑其無識, 而不知己亦誤讀之無數. 偶覓一僻句之人所不解, 則嗤其固陋, 而不知己亦不解之幾何. 或恥於問人, 而姑且含糊以掩迹. 或衒於懵眼, 而惟事誇張以掠名, 如此之輩蓋滔滔也.

대롱으로 본 하늘이 오죽하랴. 전복 껍데기로 바닷물을 재겠는가.

노인이 젊은이와 다른 점

|

老人之反

만년의 추사가 말똥말똥 뜬눈으로 밤을 새우다 닭 울음소리를 들었다.

젊어서는 닭 울어야 잠자리에 들었더니
늙어지자 베개 위서 닭 울기만 기다리네.
잠깐 사이 지나간 서른 몇 해 일 가운데
스러졌다 말 못할 건 꼬끼오 저 소리뿐.

年少鷄鳴方就枕　老年枕上待鷄鳴
轉頭三十餘年事　不道消磨只數聲

석복

제목이 〈청계聽鷄〉다. 1구와 2구의 엇갈림 속에 청춘이 다 녹았다. 소중한 사람은 내 곁을 떠나고 없고, 닭 울음소리만 변함없이 내 곁을 지킨다.

젊은 시절엔 책 읽고 공부하느라 밤을 새우고 새벽닭 소리를 신호 삼아 잠자리에 들곤 했다. 이제 늙고 보니 초저녁 일찍 든 잠이 한밤중에 한번 깨면 좀체 다시 잠을 이루지 못한다. 먼동이 어서 트기만을 기다리지만 밤은 어찌 이리도 긴가. 어둠 속에 웅크린 것은 지난날의 회한뿐이다. 그땐 내가 왜 그랬을까?

《문해피사文海披沙》에 보니 노인이 젊은이와 반대로 하는 일의 목록이 나온다.

밤에는 잠을 안 자고 낮에 깜빡깜빡 존다. 아들은 사랑하지 않고 손자만 사랑한다. 근래 일은 기억 못하고 아득한 옛일만 생각난다. 울 때는 눈물이 안 나고 웃을 때 눈물이 난다. 가까운 것은 안 보이고 먼 데 것이 보인다. 맞아야 안 아프고, 안 맞으면 아프다. 흰 얼굴은 검어지고, 검던 머리는 희어진다. 화장실에 가면 쪼그려 앉기가 힘든데, 인사를 하려다 무릎이 꺾어진다. 이것이 노인이 반대로 하는 것이다.

夜不臥而晝瞌睡, 子不愛而愛孫. 近事不記而記遠事, 哭無淚而笑有淚. 近不見而遠却見, 打却不疼, 不打却疼. 面白却黑, 髮黑却白. 如厠不能蹲, 作揖却蹲. 此老人之反也.

자식은 미운데 손주는 예쁘다. 어제 일은 까맣게 잊어도 수십 년 전의 작은 일은 새록새록 기억난다. 우는데 눈물이 안 나와 당황스럽고, 웃다가 눈물이 나서 운다. 신문의 활자가 흐려지더니 저만치 떨어져서야 겨우 보인다. 안마를 받아야 안 아프고 안마를 안 받으면 온몸이 쑤신다. 피부는 검어지고 머리털은 하얘진다. 화장실에서는 무릎 꺾기가 힘들어 안간힘을 쓰다가도, 인사한다고 몸을 숙이려다 무릎이 먼저 푹 꺾인다.

아! 늙었구나. 이 누구의 허물인고.

덜기는 쉽고 보태기는 어렵다

損易益難

홍만선洪萬選(1643~1715)의 《산림경제山林經濟》〈섭생攝生〉의 두 항목을 읽는다. 원출전은 《지비록知非錄》이다.

덜어냄은 알기 쉽고 빠르다. 보탬은 알기 어렵고 더디다. 덜어냄은 등잔에 기름이 줄어듦과 같아 보이지 않는 사이에 없어진다. 보탬은 벼의 싹이 자라는 것과 한가지라 깨닫지 못하는 틈에 홀연 무성해진다. 그래서 몸을 닦고 성품을 기름은 세세한 것을 부지런히 하기에 힘써야 한다. 작은 이익이라 별 보탬이 안 된다고 닦지 않아서는 안 되고, 작은 손해라 상관없다며 막지 않아서도 안 된다.

損易知而速焉, 益難知而遲焉. 損之者, 如燈火之消脂, 莫之見也, 而忽盡矣. 益之者, 如禾苗之播殖, 莫之覺也, 而忽茂矣. 故治身養性, 務勤其細, 不可以小益爲無補而不修, 不可以小損爲無傷而不防也.

쑥쑥 줄고 좀체 늘지는 않는다. 빠져나가는 것은 잘 보여도 들어오는 것은 표시가 안 난다. 오랜 시간 차근차근 쌓아 무너지듯 한꺼번에 잃는다. 지켜야 할 것을 놓치면 우습게 본 일에 발목이 걸려 넘어진다. 기본을 지켜 천천히 쌓아가야 큰 힘이 생긴다. 건강도 국가 운영도 다를 게 없다.

사람이 너무 한가하면 딴생각이 몰래 생겨난다. 너무 바쁘면 참된 성품이 드러나지 않는다. 이 때문에 사군자는 헛사는 것은 아닌지 하는 근심을 품지 않을 수 없고, 살아 있는 기쁨을 몰라서도 안 된다. 시비의 마당 속을 드나들며 소요하고, 순역順逆의 처지 안에서 종횡으로 자재自在해야 한다. 대나무가 아무리 촘촘해도 물이 지나가는 데는 문제가 없고, 산이 제아무리 높아도 구름이 날아가는 데는 지장이 없다.

人生太閑則別念竊生, 太忙則眞性不見. 故士君子, 不可不抱虛生之憂, 亦不可不知有生之樂. 是非場裡, 出入逍遙, 順逆境中, 縱橫自在. 竹密何妨水過, 山高不礙雲飛.

《복수전서》에서 인용했다. 일 없다가 바쁘고, 잘나가다 시비에 휘말려 역경을 만나는 것이 인생이다. 그때마다 주저앉아 세상 탓을 하면 답이 없다. 대숲이 빽빽해도 물을 막지 못한다. 구름은 높은 산을 탓하는 법이 없다. 하루하루를 허투루 살지 않아야 삶의 기쁨이 내 안에 고인다.

석복

영영구구

구차하게 먹을 것만 찾으면

|

螢螢苟苟

새를 노래한 김안로金安老(1481~1537)의 연작 중에 〈해오라기〔鷺〕〉란 작품이 있다.

여뀌 물가 서성이다 이끼 바위 옮겨와선
물고기 노리느라 서서 날아가지 않네.
눈 같은 옷 깨끗해서 모습 몹시 한가하니
옆에 사람 누군들 망기忘機라 하지 않겠는가.
蓼灣容與更苔磯 意在窺魚立不飛
刷得雪衣容甚暇 傍人誰不導忘機

눈처럼 흰 깃털을 한 해오라기가 고결한 자태로 물가에 꼼짝 않고 서 있다. 선 채로 입정入定에 든 고승의 자태다. 망기는 기심機心, 즉 따지고 계교하는 마음을 잊었다는 뜻이다. 사실은 어떤가? 녀석은 아까부터 배가 고파 제 발밑을 무심코 지나가는 물고기를 잔뜩 벼르고 있는 중이다. 속으로는 물고기 잡아먹을 궁리뿐인데 겉모습은 고결한 군자요, 한가로운 상념에 빠진 고독자다. 사람들은 그 속내를 간파하지 못한 채 고결한 군자의 상징으로 떠받든다. 그 덕에 "까마귀 싸우는 골에 백로야 가지 마라" 하고 애꿎은 까마귀만 구박이 늘어졌다.

해오라기는 음흉한 속내를 지녔을망정 욕심 사납게 설쳐대지 않고 오래 서서 먹잇감이 다가올 때까지 기다릴 줄 안다. 겉모습만으로는 군자의 기림을 받을 만하다. 성대중은《청성잡기》에서 말했다.

아등바등 구차하게 먹는 것만 추구하는 자는 금수와 다를 것이 없다. 눈을 부릅뜬 채 내달아 이익만을 좇는 자는 도적과 다름없다. 잔달고 악착같아서 사사로운 일에 힘쓰는 자는 거간꾼과 똑같다. 패거리 지어 남을 헐뜯으며 삿된 자와 어울리는 것은 도깨비나 마찬가지다. 기세가 등등해서 미친 듯이 굴며 기운을 숭상하는 자는 오랑캐일 뿐이다. 수다스럽게 재잘대며 권세에 빌붙는 자는 종이나 첩에 지나지 않는다.

營營苟苟, 惟食是求者, 未離乎禽獸也. 盰盰奔奔, 惟利是趨者, 未離乎盜賊也. 瑣瑣齪齪, 惟私是務者, 未離乎駔儈也. 翕翕訿訿, 惟邪是比者, 未離乎鬼魅也. 炎炎顚顚, 惟氣是尙者, 未離乎夷狄也. 詹詹喋喋, 惟勢是附者, 離乎僕妾也.

세상에 짐승이나 도적 같고, 거간꾼이나 도깨비 같은 사람이 너무 많다. 아랫사람에게는 오랑캐처럼 굴다가 윗사람에게는 종이나 첩처럼 군다. 이익이 될 것 같으면 안 하는 짓이 없고, 못하는 짓이 없다. 해오라기를 타박할 겨를이 없다.

처명우난

이름 앞의 바른 처신

|

處名尤難

　다산은 백련사에 새 주지로 온 혜장을 신분을 감추고 찾아가서 만났다. 처음 만난 혜장은 꾸밀 줄 모르고 진술했지만 거칠었다. 다산은 그런 그가 퍽 마음에 들었다. 이후 두 사람은 의기투합해서 자주 만나 학문의 대화를 이어갔다.

　다산이 혜장에게 써준 시 〈회증칠십운기혜장懷橝七十韻寄惠藏〉은 140구에 달하는 장시다. 혜장에게 건넨 진심의 충고가 담겼다.

　서두는 이렇다.

　이름 높은 선비를 내 살펴보니

틀림없이 무리의 미움을 받네.
이름 이룸 진실로 쉽지 않지만
이름에 잘 처하긴 더욱 어렵지.
이름이 한 단계 나아갈수록
비방은 열 곱이나 높아만 가네.

吾觀盛名士　必爲衆所憎

成名固未易　處名尤難能

名臺進一級　謗屋高十層

　높은 명성의 필연적 대가는 비방과 구설수다. 이름을 이루기가 참 어
렵지만, 그 이름을 잘 간수하기는 더더욱 어렵다.
　다시 건너뛰어 읽는다.

사람을 대하기가 가장 힘드니
헐뜯는 말 여기에서 들끓는다네.
근엄하면 오만하다 의심을 하고
우스갯말을 하면 얕본다 하지.
눈이 둔해 옛 알던 이 기억 못하면
모두들 교만하다 얘기를 하네.
말에서 안 내렸다 까탈을 잡고
불렀는데 대답 없다 성을 내누나.

接物最費力　毁言此沸騰

色莊必疑亢　語詼期云陵

眼鈍不記舊　皆謂志驕矜
咎因騎不下　怒在呼不應

비방은 일거수일투족을 따라다닌다. 앉는 데마다 가시방석이요, 도처
에 실족을 기다리는 눈길들이다.
다산의 충고가 이어진다.

덕은 가벼워서 들기 쉽지만
비방은 무거워 못 이긴다네.
자기가 높이면 남이 누르고
자신이 내려야 남이 올리지.
부드럽게 처신함 아이 같아야
지극한 도道 내 몸에 엉기게 되리.
봉황은 더더욱 몸을 낮추고
기러기도 주살을 두려워하지.
빼어난 기운은 머금어둬야
구름 박차 마침내 날게 되리라.

德輶猶易擧　謗重嗟難勝
自揚必人抑　自降必人升
致柔如嬰兒　至道迺可凝
威鳳彌低垂　冥鴻亦畏矰
逸氣有含蓄　雲翮竟翔翻

석복
136

시를 받아든 혜장이 말했다. "선생님! 어린아이처럼 부드럽게 처신하란 말씀을 새겨듣겠습니다. 오늘부터 제 호를 아암兒巖으로 하렵니다. 아이처럼 고분고분해지겠습니다." 혜장의 호가 아암이 된 연유다.

만이불생

가득 차도 덜어내지 않으면

|

滿而不省

이규보가 술통에 새긴 〈준명樽銘〉은 이렇다.

너는 쌓아둔 것을 옮겨 사람의 배 속에 넣는다.
너는 가득 차면 능히 덜어내므로 넘치는 법이 없다.
사람은 가득 차도 덜어내지 않으니 쉬 엎어지고 만다.

移爾所蓄, 納人之腹. 汝盈而能損故不溢, 人滿而不省故易仆.

글 속의 불생不省이란 말 때문에 반성을 거부하는 태도의 만연을 따끔
하게 찌른 김수영의 시 〈절망〉이 생각났다.

풍경이 풍경을 반성하지 않는 것처럼
곰팡이 곰팡을 반성하지 않는 것처럼
여름이 여름을 반성하지 않는 것처럼
속도가 속도를 반성하지 않는 것처럼
졸렬과 수치가 그들 자신을 반성하지 않는 것처럼
바람은 딴 데서 오고
구원은 예기치 않은 순간에 오고
절망은 끝까지 그 자신을 반성하지 않는다.

풍경과 곰팡과 여름과 속도, 졸렬과 수치가 절대로 그 자신을 반성하지 않듯이 절망도 끝내 자신을 반성하지 않는다는 것이 시의 골자다. 풍경과 곰팡, 여름과 속도는 병렬되기 힘든 어휘의 조합이다. 여기에 졸렬과 수치가 얹혀 의미가 더 꼬였다. 풍경이 어떻게 풍경을 반성하나? 어불성설이다.

풍경과 여름은 가치중립적이고, 곰팡과 속도는 때에 따라 부정적 맥락에 놓일 수 있다. 졸렬과 수치는 명백히 부정적이다. 풍경이나 여름은 그냥 존재태다. 곰팡과 속도도 그렇다. 곰팡이 피고 싶어서 피나? 하강하는 사물에 속도가 붙는데 무슨 도덕적 이유가 있겠는가? 이런 것들은 당연히 스스로를 반성할 필요가 없다. 반면 졸렬과 수치는 반성을 해야 마땅하다. 하지만 이것들이 가치중립적 존재를 흉내 내며 반성할 줄 모른다. 여름은 여름을 반성할 필요가 없지만, 졸렬과 수치가 덩달아 그래서는 안 된다. 딴 데서 불어오는 바람과, 예기치 않은 순간에 홀연히 다가올 구원을 기다리는 것인가? 믿는 구석이라도 있는지 절망마저 여름이나 풍경 행세를 하며 끝까지 반성을 거부한다. 그 절망적인 태도가 우리를 절망시킨다.

하지만 딴 데서 불어올 바람은 역풍이요, 예기치 않은 순간에 불쑥 다가올 것은 구원이 아닌 파멸일 뿐이다. 이것이 역사가 우리에게 가르쳐 주는 단 하나의 진실이다.

예상 못한 칭찬과 뜻하지 않은 비방

—

求全之毁

맹자가 말했다. "예상치 못한 칭찬(不虞之譽)이 있고, 온전함을 구하려다 받는 비방(求全之毁)이 있다."《맹자》〈이루離婁〉에 나온다. 여씨呂氏의 풀이는 이렇다.

행실이 칭찬을 얻기에 부족한데도 우연히 칭찬을 얻는 것이 바로 예상치 못한 칭찬이다. 비방을 면하기를 구하다가 도리어 비방을 불러온 것이 바로 온전함을 구하려 받는 비방이다. 비방하고 칭찬하는 말이 반드시 다 사실은 아니다.

行不足以致譽, 而偶得譽, 是謂不虞之譽. 求免於毁而反致毁, 是謂求全之毀. 毀譽之言, 未必皆實.

사람들은 겉만 보고 판단하고, 하나만 알고 둘은 모른다. 듣고 보는 데
따라 칭찬과 비방이 팥죽 끓듯 한다. 잘하려고 한 일인데 비방만 얻고 보
니 서운하다. 어쩌다 그리된 일에 칭찬 일색은 멋쩍다. 그러니 세상의 칭
찬과 비방은 개의할 것이 못 된다.

다산은 이 같은 여씨의 풀이가 못마땅했던 모양이다. 《맹자요의孟子要
義》에서 이렇게 풀었다.

　　칭찬을 원해 칭찬을 얻은 것은 예상치 못한 것이 아니다. 대저 사람
　이 어떤 일을 만나 마음을 믿고 곧게 행하여 헐뜯거나 비방받는 것을
　피하지 않았는데, 도리어 혹 이 일로 칭찬을 얻는 것, 이것이 예상치
　못한 칭찬이다. 어쩌다 잘못되어 비방을 얻는 것은 온전함을 구하려
　다 얻는 비방이 아니다. 반드시 잘못을 저지른 뒤에 또 이를 이어 허
　물과 잘못을 꾸며서 그 자취를 감추려다가 도리어 이 일로 인해 비방
　이 더하게 되는 것이 바로 온전함을 구하려다 얻는 비방이다.

　　要譽而得譽者, 非不虞也. 凡人遇事, 信心直行, 不避毀謗, 反或以此而得譽.
　此不虞之譽也. 偶誤而得毀者, 非求全之毀也. 必於作過之後, 又從而文過飾
　非, 以掩其跡, 反或因此而增毀, 此求全之毀也.

다산의 말뜻은 이렇다. 예상치 못한 칭찬은, 옳은 일이기에 욕먹을 각
오를 하고 했는데, 다행히 사람들이 진심을 알아주어서 얻게 된 칭찬이
다. 온전함을 구하려다 얻는 비방은 나쁜 짓을 해놓고 그걸 감추려고 온

갖 짓을 다 하다가 결국 들통이 나서 받게 되는 비방이다. 여씨는 사실과 평가는 흔히 엇갈리니 세상의 평가에 연연할 것이 없다고 맹자의 말을 이해했다. 반면 다산의 해석에 따르면, 행위의 의도와 평가가 일치한다. 즉, 비난이 예상돼도 옳은 길을 가면 생각지 않은 칭찬이 따르고, 제아무리 그럴싸하게 꾸며도 나쁜 짓은 반드시 들통이 나게 되어 있다는 의미가 된다. 맹자는 누구의 손을 들어주었을까?

잠린소미

꼬리를 태워야 용이 된다

|

潛鱗燒尾

세종 때 김반金泮이 서장관이 되어 명나라에 사신으로 갔다. 어룡魚龍을 그린 족자를 내밀며 제시題詩를 청하는 이가 있었다. 그가 붓을 들었다.

가벼운 비단 화폭 그 위에다가
바람 물결 구름안개 누가 그렸나.
비단잉어 푸른 바다 번드치더니
신물神物이 푸른 허공 올라가누나.
숨고 드러난 형상은 비록 달라도
날아 솟는 그 뜻은 한가지일세.

석복

만약에 꼬리 태워 끊는다 하면
하늘 위의 용이 되어 타고 오르리.

誰畫輕綃幅　風濤雲霧濛
錦鱗翻碧海　神物上靑空
潛見形雖異　飛騰志則同
若爲燒斷尾　攀附在天龍

중국 사람이 감탄하고 그를 '소단미선생燒斷尾先生'으로 불렀다.

시 속의 소단미燒斷尾는 고사가 있다. 황하 상류 용문협龍門峽은 가파른 절벽이 버티고 서 있다. 거친 물결을 힘겹게 거슬러온 잉어가 이 절벽을 치고 올라가면 용으로 변화하지만 실패하면 이마에 상처만 입고 하류로 밀려내려간다. 이른바 용문점액龍門點額의 성어가 그것이다. 잉어가 용문협을 힘차게 뛰어올라 꼭대기에 다다르는 순간, 머리부터 눈부신 용으로의 변모가 시작된다. 마지막 순간에 하늘은 우레를 쳐서 아직 남은 물고기의 꼬리를 불태운다. 소미燒尾, 즉 꼬리를 태워 끊어버려야 마침내 잉어는 용이 되어 허공으로 번드쳐 올라갈 수가 있다. 일반적으로는 과거급제의 비유로 쓴다.

고려 때 이규보도 잉어 그림 위에 쓴 〈화이어행畵鯉魚行〉에서 이렇게 노래했다.

염려키는 도화 물결 하늘까지 닿을 적에
용문에서 꼬리 태워 갑자기 날아감일세.

我恐桃花浪拍天　去入龍門燒尾欻飛起

정조 때 이헌경李獻慶(1719~1791)의 시 〈기몽記夢〉은 또 이렇다.

신물이 어이 오래 못 속에서 길러지리
용문협서 꼬리 태운 잉어가 되리라.
神物寧久池中養　會作龍門燒尾鯉

같은 의미다. 잠린潛鱗, 즉 물에 잠겨 살던 잉어가 가파른 절벽을 타고
올라 제게 달렸던 꼬리를 태워야 비로소 용이 되어 승천한다. 그리하여
여의주를 입에 물고 신묘한 변화를 일으켜 천지에 새 기운을 불어넣는
영험스러운 존재가 된다.

〈어변성룡도魚變成龍圖〉, 하늘에서 떨어지는 여의주를 보며 물고기가 머리 부분부터 용으로 변하고 있다.

당심기인

사람 같은 사람이라야

|

當審其人

이달충李達衷(1309~1385)의 〈애오잠愛惡箴〉을 읽었다. 유비자有非子가 무시옹無是翁에게 칭찬과 비난이 엇갈리는 이유를 묻는다. 무시옹의 대답은 이렇다.

　사람들이 나를 사람이라고 해도 나는 기쁘지 않고, 나를 사람이 아니라고 해도 나는 두렵지 않소. 사람 같은 사람이 나를 사람이라 하고, 사람 같지 않은 사람이 나를 사람이 아니라고 함만은 못하오. 나는 또 나를 사람이라고 하는 사람과 나를 사람이 아니라고 하는 사람이 어떤 사람인지 아직 잘 모르오. 사람이 나를 사람이라고 하면 기쁘고, 사람 같지 않은 사람이 나를 사람이 아니라고 하면 또한 기쁠 것이오. 사람이 나를 사람이라 하지 않으면 두렵고, 사람 같지 않은 사람이 나를 사람이라고 하면 또한 두렵소. 기뻐하고 두려워함은 마땅히 나를 사람이라 하거나 사람이 아니라고 하는 사람이 사람다운 사람인지 사람 같지 않은 사람인지의 여부를 살펴야 할 뿐이오.

人人吾吾不喜, 人不人吾吾不懼. 不如其人人吾, 而其不人不人吾. 吾且未知, 人吾之人何人也, 不人吾之人何人也. 人而人吾則可喜也, 不人而不人吾則亦可喜也. 人而不人吾則可懼也, 不人而人吾則亦可懼也. 喜與懼當審其人吾不人吾之人之人不人如何耳.

유비자가 씩 웃고 물러났다.

올바른 사람이 칭찬해야 내가 기쁘고, 삿된 자의 칭찬 앞에 나는 두렵다. 사람다운 사람이 손가락질을 하면 나는 무섭고, 사람 같지 않은 인간들이 욕하면 나는 내가 자랑스럽다. 칭찬과 비난은 문제 될 것이 없다. 칭찬받을 만한 사람의 칭찬이라야 칭찬이지, 비난받아 마땅한 자들의 칭찬은 더없는 욕일 뿐이다.

잠箴은 이렇다.

자도子都의 어여쁨은
아름답다 않을 이 그 누구며,
역아易牙가 만든 음식
맛없다 할 이 그 누구랴.
호오好惡가 시끄러우니

또한 제게서 구하지 않을쏜가.

子都之姣　疇不爲美
易牙所調　疇不爲旨
好惡紛然　盍亦求諸己

　자도는 춘추시대 정나라의 미남자였다. 역아는 당대 최고의 요리사였
다. 이렇듯 누가 봐도 이론의 여지가 없는 일은 드물다. 사람들은 저마다
제 주장만 내세우며 틀렸다 맞았다 단정짓는다. 그럴 때는 어찌하나? 내
마음의 저울에 달아 말하는 사람이 사람 같은 사람인가를 살피면 된다.
당심기인當審其人! 마땅히 그 사람을 살펴라. 칭찬과 비난에 부화뇌동하
지 말고, 어떤 사람이 칭찬하고 비난했는가를 살피는 것이 먼저다.

비조시석

잠깐의 기쁨과 만고의 비방

|

非朝是夕

1813년 8월, 늦장마 속에 다산은 제자들에게 주는 당부의 글을 썼다.
사람들이 진일도인眞一道人을 찾아와 화복을 물었다. 그의 대답이 이랬다.

다만 일등의 자리에 있는 사람은
얼마 못 가 꺾이고 만다는 사실을 알아야 한다.
그것은 아침이 아니면 저녁일 것이니
굳이 애써서 점칠 것이 없다.
但道第一人　須知不久折
非朝卽是夕　蓍策何勞撰

말뜻은 이렇다. 비싼 돈 들여가며 점을 치고 무당을 불러 굿할 것 없다. 정답은 얼마 못 간다는 것뿐이다. 오래 머물 궁리를 버리고 내려설 준비를 해라. 천년만년 누리려다 나락에 떨어져서는 세상을 저주하고 사람을 원망하니 슬프고 딱하다.

다산은 또 이렇게 썼다.

즐거움은 비방의 빌미가 되고 괴로움은 기림의 근원이 된다. 관유안管幼安은 책상의 무릎 닿은 곳에 구멍이 났고, 정이천程伊川은 진흙으로 빚은 것처럼 앉아서 공부했다. 이는 천하의 괴로운 공부였으므로 천하 사람들이 이를 기린다. 진후주陳後主의 임춘루臨春樓와 결기각結綺閣, 당명황唐明皇의 침향전沈香殿과 연창궁連昌宮은 천하의 즐거운 일이었기에 천하 사람들이 이를 헐뜯는다. 이후로도 모든 일이 다 그러했다. 안연顏淵은 누추한 골목에서 표주박의 물과 대소쿠리의 밥을 먹으며 지냈고, 문천상文天祥은 시시柴市에서 참혹하게 죽었으나 사람들은 모두 이를 기린다. 부자 석숭의 산호 장식 및 비단 장막과 풍도馮道가 평생 재상으로 지냈던 것은 사람들이 모두 헐뜯는다. 기림이란 나를 괴롭게 함을 통해 생겨나고, 헐뜯음은 나를 즐겁게 함으로 말미암아 생겨나는 것이다. 너희는 모름지기 깊이 명심하여 잠시도 잊어서는 안 된다.

樂者毁之媒, 苦者譽之根. 管幼安榻穿當膝, 程伊川坐如泥塑, 是天下之苦功. 故天下譽之. 陳後主臨春結綺, 唐明皇沈香連昌, 是天下之樂事. 故天下毁之. 推是以往, 萬事悉然. 顏淵簞瓢陋巷, 天祥塗腦柴市, 人皆譽之. 季倫珊瑚錦帳, 馮道都身相府, 人皆毁之. 譽由苦我生, 毁由樂我生. 汝等切須銘記, 跬步勿諼.

다산茶山 정약용丁若鏞의 친필, 조남학 소장

누구나 갖고 싶지만 가져서 부끄러운 것이 있다. 이제껏 누리고도 더 갖고 다 갖겠다고 쥐고 놓지 않으면 한때 나를 기쁘게 했던 것들로 인해 만고의 비방을 감내해야 한다.

무소유위

일 없이 빈둥거리는 일

—

無所猷爲

윤기가 〈소일설消日說〉에서 말했다.

사람들은 긴 날을 보낼 길이 없어 낮잠이라도 자지 않을 수 없다고 한다. 성인께서 '배불리 먹고 날을 마치도록 아무 하는 일이 없다(飽食終日, 無所猷爲)'고 한 것은 이를 두고 하는 말이다. 사람이 세상을 살면서 저마다 하는 일이 있어 종일 부지런히 애를 써도 부족할까 걱정인데, 어찌 도리어 세월을 못 보내 근심한단 말인가?

每見人必稱無以送永日, 不得不晝眠. 此眞聖人所謂飽食終日, 無所猷爲者也. 人生世間, 各有所事, 雖終日矻矻, 猶恐不足, 焉得反憂日月之消遣乎?

《소학》〈가언嘉言〉에서는 장횡거張橫渠의 말을 인용해서 이렇게 말했다.

배우는 자가 예의를 버린다면 배불리 먹고 날을 보내면서 아무 하는 일이 없어 백성과 똑같게 된다. 하는 일이라곤 입고 먹는 사이에 잔치하며 노니는 즐거움을 넘어서지 않는다.

學者捨禮義, 則飽食終日, 無所猷爲, 與下民一致, 所事不踰衣食之間, 燕遊之樂耳.

시간 여유도 있고, 돈도 있는데, 할 수 있는 일이 없고, 하고 싶은 일도 없다. 이렇게 되면 맛있는 음식 사 먹고, 좋은 옷으로 치장하면서, 더 신나게 놀며 시간 때울 궁리밖에 할 것이 없다.
윤기의 말이 이어진다.

내가 세상 사람들을 보니, 시서詩書를 일삼지 않고, 밭 갈고 김매는 일도 하지 않는다. 그저 날마다 허랑방탕하게 한 해가 다 가도록 멋대로 놀면서, 먹는 것은 입에 달고 맛난 것만 찾고, 의복은 화려하고 새로운 것만 구한다. 친지를 찾아가거나 고만고만한 부류와 어울려 지낸다. 유행하는 말을 모르면 고루하다 하고, 바둑장기 못 두는 것을 수치로 안다. 집에서는 도대체 마음 둘 데가 없는 듯이 굴고, 남과 만나면 시답잖은 우스갯소리나 일삼는다. 조정 소식은 제가 먼저 들은 것을 뽐내며 널리 퍼뜨리고, 남의 집안 궂은일은 굳이 보태서 떠들어댄다. 화류계와 노름판에는 끼지 않는 데가 없고, 씨름판이나 꼭두놀음은 언제나 앞자리를 다툰다. 스스로 이것을 극락세계라 하면서 토방에서 형설螢雪의 노력을 하는 사람을 도리어 비웃는다. 세월은 물같이 흘러가니 어쩌겠는가? 어느새 늙어 집안 살림은 거덜이 나고 오두막에서 비쩍 말라 몰락하고 나면, 어찌 소일하는 근심이 없기를 면하겠는가?

余觀世之人不事詩書, 不業耕耘, 不治家事, 而逐日浮浪, 終歲遊蕩, 食求甘美, 衣欲華新, 尋訪親知, 追逐儕類. 以俚諺之不習爲固陋, 以博奕之不聖爲羞恥, 在家則如無所依倚, 見人則惟事乎諧謔. 朝廷信息, 則自詑先聞而遍傳, 人家事故, 則必欲增衍而播揚. 花柳賭釀之場, 無所不與, 角抵傀儡之戱, 動輒爭先. 自謂極樂世界, 却笑丰竇螢雪. 其柰流水光陰? 居然老至, 家計板蕩, 窮廬枯落, 惡得免無以消日之憂哉?

소일은 다 늙어 정말 아무것도 할 수 없을 때 눈물을 흘리면서 하는 것이다. 남아도는 시간을 주체 못해 무위도식하는 것은 재앙이요 형벌이다.

발밑의
행복

③

惜
福

감인세계

참고 견디며 건너간다

|

堪忍世界

유만주가 《흠영》 중 1784년 2월 5일의 일기에서 썼다.

우리는 감인세계에 태어났다. 참고 견뎌야 할 일이 열에 아홉이다. 참아 견디며 살다가 참고 견디다 죽으니 평생이 온통 이렇다. 불교에는 출세간出世間, 즉 세간을 벗어나는 법이 있다. 이는 감인세계를 벗어나는 것을 말한다. 이른바 벗어난다 함은 세계를 이탈하여 별도의 땅으로 달려가는 것이 아니고 일체의 일이 모두 허무함을 깨닫는 것이다.

我輩旣生於堪忍世界, 則堪忍之事, 十恒八九. 生於堪忍, 死於堪忍, 一世盡是也. 西教有出世間法. 是法指出了堪忍世界之謂也. 所云出者, 非離去世界, 另赴別地, 止是悟得一切等之虛空也.

감인堪忍은 참고 견딘다는 뜻이다. 못 견딜 일도 묵묵히 감내하고, 하고 싶은 말도 머금어 삼킨다. 고통스러워도 꾹 참아 견딘다. 사람이 한세상을 살아가는 일은 참아내고 견뎌내는 연습의 과정일 뿐이다. 그래서 그는 이렇게 건너가는 한세상을 감인세계로 규정했다. 감인세계는 벗어날 수 없는가? 이 못 견딜 세상을 견뎌내는 힘은, 날마다 아등바등 얻으려 다투고 싸우는 그 대상이 사실은 아무것도 아니라는 것을 깨닫는 데서 나온다. 인간의 진정한 낙원은 멀리 지리산 청학동이나 무릉도원이 아닌 우리의 마음속에 있다는 얘기다.

같은 해 3월 21일자 일기에는 "인생에서 가장 즐거운 일은 누累가 없는 것만 함이 없다. 누 때문에 세계는 참고 견뎌야만 한다〔人生最樂事, 莫如无累. 累故世界堪忍〕"고 했다. 누란 나를 번거롭게 얽매고 옥죄는 일이다. 내 능력 밖의 일을 이루려 아쉬운 부탁을 하려니 남에게 누가 된다. 자식을 위해 정작 내 삶은 희생하고 살았는데, 이제는 누가 되고 폐만 안겨주는 거추장스러운 존재가 되었다. 나를 옭아매던 누를 다 털어버리지도 못해 죽음이 어느새 코앞에 와 있다. 이 쓸쓸한 자각을 그는 감인세계란 말로 표현했다.

"사람이 50년을 살면 쌀 2천여 섬을 먹어치운다. 100년이라면 그 두 배를 웃돈다〔人之見在五十年者, 已餉得穀米二千餘石. 百年則倍之而加優〕"는 옆사람의 말에 이게 바로 미충米虫, 즉 쌀벌레가 아니냐고 되뇌던 그의 쓸쓸한 독백을 생각한다.

변명하지 마라

—

止謗之術

젊은 시절 다산은 반짝반짝 빛났지만 주머니에 든 송곳 같았다. 1795년 7월 서학 연루 혐의로 금정찰방에 좌천되었다. 이때 쓴 일기가 《금정일록金井日錄》이다. 이삼환이 다산에게 위로를 겸해 보낸 편지 한 통이 이 가운데 실려 있다. 글을 보니 젊은 날의 다산이 훤히 떠오른다. 편지는 이렇게 시작한다.

예전 어떤 사람이 문중자文中子에게 비방을 그치게 하는 방법(止謗之術)을 물었다더군. 대답은 '변명하지 말라(無辯)'였다네. 이는 다만 비방을 그치게 하는 것뿐 아니라 또한 우리가 바탕을 함양하는 공부에 있어서도 마땅히 더욱 힘을 쏟아야 할 걸세. 어찌 생각하시는가?

昔人問文中子以止謗之術. 答云無辯. 此不但止謗, 亦於吾本源涵養之工, 當益得力. 未知如何?

비방이 일어나 나를 공격할 때 말로 따져 상대를 눌러 이길 생각을 말아야 한다. 설사 내가 그들을 말로 이겨도 그들은 승복하지 않고 더 독랄한 수단을 준비할 것이기 때문이다.

이삼환은 이어 자신이 평생 좋아했다는 《명심보감》에 실린 고시 한 수를 소개했다.

> 못난이들 화가 나 성내는 것은
> 모두 다 이치가 안 통해서지.
> 마음에 이는 불을 가라앉히면
> 귓가를 스쳐가는 바람이 되리.
> 저마다 장단점은 있는 법이요
> 덥고 추움 어디나 다름없다네.
> 시비는 실상이 없는 것이라
> 따져본들 모두가 헛것인 것을.

愚濁生嗔怒　皆因理不通
休添心上火　只作耳邊風
長短家家有　炎凉處處同
是非無實相　相究摠成空

이어 그는 가까이서 여러 날을 지켜보니 다산이 환하고 시원스러워 구차한 구석이 없고 자신의 잘못은 깨끗이 인정하는 진심의 사람이었다고 칭찬했다. 끝에 가서 그가 다산에게 준 충고는 이렇다.

다만 풍성酆城의 보검은 괴이한 광채가 지나치게 드러나고, 지양地釀의 훌륭한 술은 짙은 향기가 먼저 새나온다네. 매번 송곳 끝이 비어져 나오는 듯한 기운이 많고 끝내 함축의 뜻은 적으니 이것이 굳이 백옥의 작은 흠이라 하겠네. 주자께서 진동보陳同父에게 답장한 글에서 "예로부터 영웅은 전전긍긍하면서 깊은 물가에 임하거나 살얼음을 밟는 듯한 가운데로부터 나오지 않은 법이 없었다"고 하셨는데, 감히 이 말을 그대에게 드리네.

酆城之劒, 光怪太露, 地釀之酤, 芳烈先洩. 每多穎脫之氣, 終少含蓄之意, 此未必不爲白玉之微瑕矣. 朱子答陳同父書曰: 從古英雄, 莫不從戰戰兢兢, 臨深履薄中出來. 敢以此獻焉.

다산은 자신의 일기에 그의 편지를 또박또박 옮겨 써서 깊이 새겼다.

기심화심

잔머리를 굴리면 재앙이 깊다

—

機深禍深

청나라 때 왕지부王之鈇가 호남지역 산중 농가의 벽 위에 적혀 있던 시
네 수를 자신이 엮은《언행휘찬言行彙纂》에 실어놓았다. 주희朱熹의 시라
고도 하는데, 지은이는 분명치 않다.

첫째 수.

까치 짖음 기뻐할 일이 못 되고
까마귀 운다 한들 어이 흉할까.
인간 세상 흉하고 길한 일들은
새 울음소리 속에 있지 않다네.

鵲噪非爲喜　鴉鳴豈是凶
人間凶與吉　不在鳥聲中

까치가 아침부터 우짖으니 기쁜 소식이 오려나 싶어 설렌다. 까마귀가 까막까막 울면 왠지 불길한 일이 닥칠 것만 같아 불안하다. 새 울음소리 하나에 마음이 그만 이랬다저랬다 한다.

둘째 수.

밭 가는 소 저 먹을 풀이 없는데
창고 쥐는 남아도는 양식이 있네.
온갖 일 분수가 정해 있건만
뜬 인생이 공연히 홀로 바쁘다.

耕牛無宿草　倉鼠有餘糧
萬事分已定　浮生空自忙

죽어라 일하는 소는 늘 배가 고프고, 빈둥빈둥 노는 창고 속 쥐는 굶을 걱정이 없다. 세상일이 원래 그렇다. 타고난 분수가 정해져 있는데 아등바등 뜬 인생들이 궁리만 바쁘다. 애써도 안 될 일을 꿈꾸느라 발밑의 행복을 놓친 채 한눈만 판다.

셋째 수.

물총새는 깃털 귀해 죽음 당하고
거북은 껍질 인해 목숨을 잃네.

차라리 아무것도 이루지 않고
편하게 평생 보냄 더 낫겠구나.

翠死因毛貴　龜亡爲殻靈
不如無成物　安樂過平生

　물총새는 제 고운 비췻빛 깃털 때문에 사람들이 노리는 표적이 된다.
거북은 등껍질로 장식하고 배딱지로 점치려고 사람들에게 잡혀가 목숨
을 잃고 만다. 애초에 아무런 지닌 것이 없었으면 타고난 제 수명을 다
누릴 수 있었을 텐데.
　넷째 수.

참새는 모이 쪼며 사방 살피고
제비는 둥지에서 딴마음 없네.
배포 크면 복도 또한 크게 되지만
기심機心이 깊고 보면 재앙도 깊네.

雀啄復四顧　燕寢無二心
量大福亦大　機深禍亦深

　참새와 제비가 먹는대야 얼마나 먹을까? 그래도 살피고 가늠해서 조
심조심 건너가니 큰 근심이 없다. 크게 왕창 한탕 해서 떵떵거리고 사는
것이 좋아 보여도 한순간에 재앙의 기틀을 밟으면 돌이킬 수가 없다.

장수선무

재간 말고 실력으로

|

長袖善舞

외국에서 터무니없는 학술발표를 듣다가 벌떡 일어나 일갈하고 싶을 때가 있다. 막상 영어 때문에 꿀 먹은 벙어리 모양으로 있다 보면 왜 진작 영어공부를 제대로 안 했나 싶어 자괴감이 든다. 신라 때 최치원崔致遠(857~?)도 그랬던가 보다. 그가 중국에 머물 당시 태위太尉에게 자기추천서로 쓴 〈재헌계再獻啓〉의 말미는 이렇다.

삼가 생각건대 저는 다른 나라의 언어를 통역하고 성대聖代의 장구章句를 배우다 보니, 춤추는 자태는 짧은 소매로 하기가 어렵고, 변론하는 말은 긴 옷자락에 견주지 못합니다.

伏以某譯殊方之語言, 學聖代之章句, 舞態則難爲短袖, 辯詞則未比長裾.

　자신이 외국인이라 글로 경쟁하면 아무 문제가 없지만 말을 유창하게 하는 것만큼은 저들과 경쟁상대가 되지 않음을 안타까워한 말이다. 글 속의 '단수短袖'와 '장거長裾'에는 고사가 있다.

　먼저 단수는 《한비자韓非子》〈오두五蠹〉의 언급에서 끌어왔다. "속담에 '소매가 길어야 춤을 잘 추고, 돈이 많아야 장사를 잘한다'고 하니, 밑천이 넉넉해야 잘하기가 쉽다는 말이다(鄙諺曰: '長袖善舞, 多錢善賈.' 此言多資之易爲工也)." 춤 솜씨가 뛰어나도 긴 소매의 휘늘어진 맵시 없이는 솜씨가 바래고 만다. 장사 수완이 좋아도 밑천이 두둑해야 큰돈을 번다. 최치원은 자신의 부족한 언어 구사력을 '짧은 소매'로 표현했다.

　장거, 즉 긴 옷자락은 한나라 추양鄒陽의 고사다. 추양이 옥에 갇혔을 때 오왕吳王 유비劉濞에게 글을 올렸다. "고루한 내 마음을 꾸몄다면 어느 왕의 문이건 긴 옷자락을 끌고 다닐 수 없었겠습니까(飾固陋之心, 則何王之門, 不可曳長裾乎)?" 아첨하는 말로 통치자의 환심을 살 수도 있었지만 일부러 그렇게 하지 않았다는 뜻이다. 여기서 긴 옷자락은 추양의 도도한 변설을 나타내는 의미로 쓰였다. 최치원은 자신이 추양에 견줄 만큼의 웅변은 없어도 실력만큼은 그만 못지않다고 말한 셈이다.

　긴 소매가 요긴해도 춤 솜씨 없이는 안 된다. 그런데 사람들은 긴 소매의 현란한 말재간만 멋있다 하니 안타까웠던 게다.

수습의 여지는 남겨둔다

鼻大目小

　　우우翩翩라는 새는 머리가 무겁고 꽁지는 굽어 있다. 냇가에서 물을 마시려 고개를 숙이면 무게를 못 이겨 앞으로 고꾸라진다. 다른 놈이 뒤에서 그 꽁지를 물어주어야 물을 마신다. 《한비자》〈설림說林〉하下에 나온다. 다음 말이 덧붙어 있다. "사람도 제힘으로 마시기 힘든 사람은 그 깃털을 물어줄 사람을 찾아야 한다〔人之所有飮不足者, 不可不索其羽也〕."

　　백락伯樂은 말 감별에 능했다. 척 보고 천리마를 알아보았다. 미워하는 자가 말에 대해 물으면 천리마 감별법을 가르쳐주었다. 아끼는 자에게는 노둔한 말을 구별하는 법을 일러주었다. 일생에 한두 번 만날까 말까 한 천리마 감별법은 알아봤자 써먹을 기회가 거의 없다. 노둔한 말은 날마다 거래되는지라 간단한 요령 몇 가지만 알아도 잠깐 만에 큰돈을 벌 수가 있다. 한비자는 이야기 끝에 다시 이렇게 보탰다. "말은 천하나 쓰임새가 높은 것은 헷갈린다(下言而上用者惑也)." 표현이 천근淺近해 보여도 알찬 말이니 새겨들으란 얘기다.

다시 이어지는 한 단락. 환혁桓赫은 조각을 잘했다. 그가 말했다.

새기고 깎는 방법은 코는 크게 하고 눈은 작게 해야 한다. 코가 크면 작게 할 수가 있지만 작게 해놓고 크게 만들 수는 없다. 눈이 작으면 키울 수 있지만, 크게 새긴 것을 작게 고칠 방법은 없다.

刻削之道, 鼻莫如大, 目莫如小. 鼻大可小, 小不可大也. 目小可大, 大不可小也.

일단 나무에 새기고 돌에 깎으면 다시 붙일 방법이 없다. 코는 애초에 조금 크게 해놓고 조금씩 깎아서 알맞게 고친다. 눈은 반대로 작은 듯이 파서 조금씩 키우는 것이 맞다. 코를 납작하게 깎아 시작하면 균형이 깨질 때 수정할 방도가 없다. 눈을 애초에 퉁방울로 새겨놓으면 줄이려 해도 도리가 없다. 그는 또 설명을 보탠다. "일처리도 마찬가지다. 나중에 돌이킬 수 있게 해야 실패하는 일이 적다(舉事亦然, 爲其後可復者也, 則事寡敗矣)."

단순명쾌한 것이 시원하다고 돌이킬 수 없는 지경으로 상황을 자꾸 내몰면, 물 한 모금 마시려다 머리 박고 고꾸라지는 수가 있다.

영상조파

세상의 칭찬과 비방

—

影上爪爬

이덕무의《이목구심서耳目口心書》중 한 단락을 소개한다.

 지극한 사람은 헐뜯음과 기림에 대처할 때 사실과 거짓에 관계없이 모두 배불러하지도 않고 목말라하지도 않으며, 가려워하지도 않고 아파하지도 않는다. 보통 사람은 진짜로 하는 칭찬과 진짜로 하는 비방에도 잘 대처하지 못한다. 그러니 근거 없이 해대는 칭찬이나 잘못이 없는데 퍼붓는 비방에 있어서이겠는가. 사실이 아닌데 받는 칭찬은 꿈속에 밥을 더 먹는 것이나, 그림자를 손톱으로 긁는 것과 다를 게 없다. 잘못이 없는데 받는 비방은 꿈속에 목마른 것이나, 그림자 위에 몽둥이로 맞는 것과 한가지다. 어리석은 사람은 다만 꿈에서 밥을 더 먹는 것을 다행으로 여기고, 강퍅한 인간은 그림자를 몽둥이로 때려도 유감으로 여긴다.

至人之處毁譽也, 無論眞與假, 皆不飽不渴, 不癢不痛. 平人不能善處眞譽眞毁, 況無宗之譽, 無過之毁乎. 無宗之譽, 何異乎夢中飧加, 影上爪爬, 無過之毁, 何異乎夢中漿乏, 影上棒打. 痴人惟幸飧加於夢, 愎人猶恨棒打其影.

세상의 칭찬과 비방은 네 가지 중 하나다. 좋은 일을 해서 칭찬받는 경우와, 야단맞을 짓을 해서 비방을 부르는 경우가 처음 두 가지다. 나머지 둘은 잘한 일 없이 얼떨결에 받는 칭찬과, 잘못한 것도 없는데 난데없이 쏟아지는 비난이다. 처음 둘은 당연한데, 나중 둘은 불편하다. 사람의 그릇은 나중 둘의 상황에 처했을 때 드러난다. 제가 받을 칭찬이 아니면 부끄러워 사양해야 마땅한데 모르는 체 업혀간다. 비난받을 일을 하지 않았으면 떳떳해야 하건만 눈치를 보며 주눅이 든다.

공연한 칭찬은 그림자 위를 손톱으로 긁기(影上爪爬)다. 가려운 발을 안 긁고 그림자를 긁으니 시원할 리가 없다. 근거 없는 비방은 그림자를 몽둥이로 때리기(影上棒打)다. 때리는 손만 아프지 나는 아무렇지도 않다. 못난 인간은 꿈속에 밥 한 그릇 더 먹었다고 배부르다 하고, 강퍅한 인간은 몽둥이가 제 그림자에 스치기만 해도 두고보자 한다. 사실에 관계없이 칭찬에 우쭐대고 비난에 쩔쩔매다 제풀에 제가 넘어간다. 훼예毁譽에 일희일비하지 않는 정신의 힘이 필요하다.

사소한 차이를 분별하라
|
檢身容物

명나라 구양덕歐陽德이 검신檢身, 즉 몸가짐 단속에 대해 말했다.

스스로 관대하고 온유하다 말해도, 느긋하고 나태한 것이 아닌 줄 어찌 알겠는가? 제 입으로 굳세고 과감하다 하지만, 조급하고 망령되며 과격한 것이 아닌 줄 어찌 알겠는가? 성내며 사납게 구는 것은 무게 있는 것에 가깝고, 잔다란 것은 꼼꼼히 살피는 것과 비슷해 보인다. 속임수는 바른 것과 헷갈리고, 한통속이 되는 것은 화합하는 것처럼 보인다. 사소한 차이를 분별하지 않으면 참됨에서 점점 멀어진다.

自謂寬裕溫柔, 焉知非優游怠忽? 自謂發剛强毅, 焉知非躁妄激作? 忿戾近齊莊, 瑣細近密察. 矯似正, 流似和, 毫釐不辨, 離眞愈遠.

관대한 것과 물러터진 것은 다르다. 굳셈과 과격함은 자주 헷갈린다. 성질부리는 것과 원칙 지키는 것, 잗다란 것과 꼼꼼한 것을 혼동하면 아랫사람이 피곤하다. 사기꾼처럼 진실해 보이는 사람이 없다. 그래야 상대가 속아 넘어간다. 자리를 못 가리는 것을 남들과 잘 어울리는 것으로 착각해도 안 된다. 사람은 비슷해 보이지만 전혀 다른 것을 잘 분간해야 한다.

진무경陳無競이 제시한 용물容物, 곧 타인을 포용하는 방법은 이렇다.

남의 참됨을 취하려면 융통성 없는 점은 봐준다. 질박함을 취할 때는 그 어리석음은 너그럽게 넘긴다. 강개함을 취하자면 속 좁은 것은 포용한다. 민첩함을 취하거든 소홀한 점은 넘어간다. 말 잘하는 것을 취하면 건방진 것은 눈감는다. 신의를 취했으면 구애되는 것은 못 본체한다. 단점을 통해 장점을 보아야지, 장점을 꺼려 단점만 지적해서는 안 된다.

取人之眞, 恕其戇, 取人之樸, 恕其愚. 取人之介, 恕其隘, 取人之敏, 恕其疎. 取人之辨, 恕其肆. 取人之信, 恕其拘. 可因短以見長, 不可忌長以摘短.

진실한 사람은 외골수인 경우가 많다. 질박하면 멍청하고, 강개하면 속이 좁다. 민첩한 사람에게 꼼꼼함까지 기대하긴 힘들다. 말을 잘하면 행동이 안 따르고, 신의 있는 사람은 얽매는 것이 많다. 그래도 좋은 점을 보아 단점을 포용한다. 나 자신에게 들이대는 잣대는 매섭게, 남에게는 관대하게. 우리는 늘 반대로 한다. 이덕무의 《사소절士小節》에서 인용했다.

입으로 짓는 허물의 가짓수

|

口過十六

미수眉叟 허목許穆(1595~1682)의 〈불여묵전사 노인의 16가지 경계(不如默田社老人十六戒)〉란 글을 소개한다. 노인이 구과口過, 즉 입으로 짓기 쉬운 16가지의 잘못을 경계한 내용이다.

그 목록은 다음과 같다.

첫 번째는 행언희학行言戲謔이다. 실없이 시시덕거리는 우스갯말이다.

두 번째는 성색聲色이다. 입만 열면 가무나 여색에 대해 말한다.

세 번째는 화리貨利니, 재물의 이익에 관한 얘기다. 무슨 돈을 더 벌겠다고.

네 번째는 분체忿懥로, 걸핏하면 버럭 화를 내는 언사다.

다섯 번째는 교격撟激이다. 남의 말은 안 듣고 과격한 말을 쏟아낸다.

여섯 번째는 첨녕諂佞이니, 체모 없이 아첨하는 말이다.

일곱 번째는 구사苟私다. 사사로운 속셈을 두어 구차스레 군다.

여덟 번째는 긍벌矜伐이다. '내가 왕년에……' 운운하며 남을 꺾으려 드는 태도다.

아홉 번째는 기극忌克으로, 저보다 나은 이를 꺼리는 마음이다.

열 번째는 치과恥過다. 남이 내 잘못을 지적하는 것을 수치로 알아, 듣고 못 견딘다.

열한 번째는 택비澤非다. 잘못을 인정하지 않고 아닌 척 꾸민다.

열두 번째는 논인자후論人訾詬니, 남에 대해 이러쿵저러쿵 비방하며 헐뜯는 일이다.

열세 번째는 행직경우倖直傾訏로, 요행으로 곧은 체하며 남에게 큰소리친다.

열네 번째는 멸인지선蔑人之善이다. 남의 좋은 점을 칭찬하지 않고 애써 탈을 잡는다.

열다섯 번째는 양인지건揚人之愆이다. 남의 사소한 잘못도 꼭 드러내 떠벌린다.

열여섯 번째는 시휘세변時諱世變이다. 당시에 말하기 꺼려하는 얘기나 세상의 변고에 관한 말이다. 이런 노인일수록 입에 '말세'란 말을 달고 산다.

나이 들어 입으로 짓기 쉬운 허물 16가지를 주욱 나열한 뒤 허목은 이렇게 글을 맺었다. "삼가지 않는 사람은 작게는 욕을 먹고, 크게는 재앙이 그 몸에 미친다. 마땅히 경계할진저〔有不愼者, 小則生詬, 大則災及其身. 宜戒之〕!"

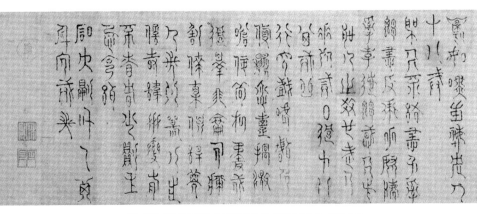

미수 허목, 〈불여묵전사노인십육계不如嘿田社老人十六戒〉, 개인 소장

16가지 구과를 범하지 않으려면 어찌해야 할까? 입을 꾹 닫고 침묵하면
된다. 허목이 어떤 말도 침묵만은 못하다는 뜻으로, 자신의 거처 이름을
'불여묵전사不如默田社'로 붙인 이유다.

핵심 가치를 어디에 둘 것인가

|

掛一漏萬

서애西厓 유성룡柳成龍(1542~1607)이 임금께 올린 〈물길을 따라 둔보를 두는 문제에 대해 올리는 글〔措置沿江屯堡箚〕〉의 말미에 이렇게 썼다.

　신은 오랜 병으로 정신이 어두워 말에 두서가 없습니다. 하지만 얼마간 나라 근심하는 정성만큼은 자리에 누워 죽어가는 중에도 또렷합니다. 간신히 붓을 들었으나 괘일루만掛一漏萬인지라 모두 채택할 만한 것이 못 됩니다. 하지만 삼가 성지聖旨에 대해 느낌이 있는지라 황공하옵게 아뢰나이다.

　臣病久神昏, 言無頭緒. 然其一段憂國之忱, 耿耿於伏枕垂死之中. 艱難操筆, 掛一漏萬, 皆不足採. 然伏有感於聖旨之下, 惶恐陳達.

퇴계退溪 이황李滉(1501~1570)도 〈무진육조소戊辰六條疏〉에서 또 이렇게 썼다.

신이 비록 평소 꾀가 어두우나 붉은 정성을 다하여 한 가지라도 얻으려는 어리석음을 본받지 않을 수 없습니다. 하지만 또 아뢰는 즈음에 정신이 산란하고 말이 어눌하여 괘일루만일까 염려됩니다.

臣雖素昧籌略, 不可不罄竭丹忱, 思效一得之愚. 而又恐口陳之際, 神茫辭訥, 掛一漏萬.

졸수재拙修齋 조성기趙聖期(1638~1689)는 〈임덕함에게 보낸 답장(答林德涵書)〉에서 이렇게 말한다.

나머지는 인편이 몹시 바빠 서둘러 여기까지만 쓰니 괘일루만올시다. 모두 말없이 살펴두시지요. 하고 싶은 말이 너무나 많아도 만나지 않고는 다 말하기 어려운지라 종이를 앞에 두고 서글퍼할 뿐이외다.

萬萬便人忙甚, 力疾暫此, 掛一漏萬. 都在嘿會. 有無限所欲言者, 非面難悉, 臨紙悵然而已.

괘일루만은 옛글에서 자주 쓰던 표현이다. 가장 중요한 한 가지를 적느라 나머지는 다 빠뜨리고 말았다는 뜻이니, 요즘 말로 적자면 '용건만 간단히'쯤에 해당한다. 표현에 맛이 있다. 예를 다 갖추지 못한다는 겸사에 겸해 논지의 핵심을 분명하게 드러내는 효과가 있다.

　반대로 괘만루일掛萬漏一이란 표현도 쓴다. 1만 가지를 고려하는 중에 정작 중요한 한 가지를 빠뜨렸다는 뜻이다. 백밀일소百密一疎, 천려일실千慮一失과 의미가 같다. 빈틈없는 것이 좋긴 하지만, 폼만 잡고 핵심을 놓친 괘만루일과, 중심을 붙들어 소소한 것은 개의치 않는 괘일루만 중 어느 한쪽을 택해야 한다면 후자가 더 낫지 싶다. 정작 문제는 핵심 역량의 우선가치를 어디에 두느냐다.

벌보다 나비가 부럽다

以積招殃

얼마 전 심재心齋 조국원趙國元(1905~1988) 선생이 소장했던 다산 선생의 친필첩을 배관拜觀할 기회가 있었다. 그중 짧은 글 한 편을 소개한다.

다산에는 꿀벌 한 통이 있다. 내가 벌이란 놈을 관찰해보니, 장수도 있고 병졸도 있다. 방을 만들어 양식을 비축해두는데, 염려하고 근심함이 깊고도 멀었다. 모두 함께 부지런히 일을 하니, 여타 다른 꿈틀대는 벌레에 견줄 바가 아니었다. 내가 나비란 놈을 보니, 나풀나풀 팔랑팔랑 날아다니며 둥지나 비축해둔 양식도 없는 것이 마치 아무생각 없는 들까마귀와 같았다. 내가 시를 지어 이를 풍자하려다가 또

석복
180

생각해보았다. 벌은 비축해둔 것이 있어서 마침내 큰 재앙을 불러들여〔蜂以積著之, 故終招大殃〕, 창고와 곳간이 남김없이 약탈자에게로 돌아가고 무리는 살육자들에게 반쯤 죽는다. 그러니 어찌 저 나비가 얻는 대로 먹으면서 일정한 거처도 없이 하늘 밑을 소요하고 드넓은 들판을 떠돌며 노닐다가 재앙 없이 마치는 것만 같겠는가?

茶山有蜜蜂一箚. 余觀蜂之爲物, 有將有卒. 造房庤糧, 憂深而慮遠, 作齊而事勤, 非諸蜹蛒之比. 余觀蝴蝶爲物, 蘧蘧然詡詡然, 無窠窟糧餉之貯, 若野鴉之無意緖者. 欲作詩譏之, 旣又思之, 蜂以積著之, 故終招大殃, 倉廥悉歸於搶掠, 族類半損於劋殄, 豈若彼蝴蝶隨得隨食, 無家無室, 逍遙乎太淸之下, 浮游乎廣莫之野, 而卒無殃咎者乎?

당시 다산은 생각이 참 많았던 모양이다. 근면하고 계획성 있는 꿀벌과 놀기 바쁜 나비를 대비했으니 당연히 꿀벌을 칭찬할 줄 알았는데, 자신은 나비가 더 부럽더라고 뒤집어 말했다. 부지런히 애써서 남 좋은 일만 시키는 꿀벌보다, 부족하면 부족한 대로 천지를 소요하며 거침없이 살다가 재앙 없이 마치는 나비의 삶이 한결 가볍고 부러웠던 것이다.

나비 이야기로 넘어가기 직전에 두보가 기러기를 노래한 시〈영안詠雁〉의 한 수를 인용했는데, 시는 이렇다.

눈 오려 할 때 오랑캐 땅 떠나와
꽃 피기 전에 초나라와 작별하네.
들까마귀 아무런 생각도 없이
깍깍대며 날마다 시끄럽구나.

欲雪違胡地　先花別楚雲
野鵁無意緒　鳴噪日紛紛

　기러기는 생각이 깊다. 겨울이 오기 전에 남쪽으로 내려와 꽃 피기 전에 북쪽으로 이동한다. 그런데 뒤쪽 나비 얘기를 듣고 보니, 사려 깊은 기러기가 까마귀만 못한 셈이 되고 말았다. 작위로 애쓴 일들은 결국 남 좋은 일만 시켜주고, 저 하고 싶은 대로 했더니 재앙과 허물이 없는 삶을 누릴 수 있었다. 배가 조금 고프면 어떤가. 내가 기쁜 삶을 살 때 내 삶의 주인이 된다.

화진유지

화마가 알아본 효자

—

火眞有知

　홍길주洪吉周(1786~1841)가 보은 원님으로 있을 때 일이다. 고을 효자
에 관한 기록을 살펴보니 판에 박은 듯이 눈 속에서 죽순이 솟거나, 얼음
속에서 잉어가 뛰어올랐다. 꿩은 부르기도 전에 방 안으로 날아들고, 시
키지도 않았는데 호랑이가 저 스스로 무덤을 지켰다.

　그중 유독 평범해서 아주 특이한 효자가 한 사람 있었다. 구이천具爾天
은 학문이 깊고 행실이 도타웠다. 부모를 정성을 다해 모셨다. 그뿐이었
다. 이상하거나 놀랄 만한 말은 한 마디도 없었다. 100여 년 전의 일이었
고, 그를 칭찬한 사람들은 그보다 나이 많은 선배들이었다. 선대의 유언
에 따라 구씨의 효장孝狀은 밖에 알려지지도 않았다.

글을 다 읽은 홍길주는 아전을 시켜 후손들에게 돌려주게 했다. 아전은 무심코 그것을 창고 속에 보관해두었다가 그만 화재가 발생했다. 기록이 모두 탔는데 구씨의 효장만 말짱했다. 순찰사에게 이 일을 얘기하자 순찰사가 웃으며 말했다.

"내가 여러 고을의 효장을 보면 몇 줄 읽기도 전에 잉어가 나오고 호랑이가 튀어나오니, 화가 나서 땅에 집어던지고 싶어지더군. 정말 효성스러운 선비였다면 물고기와 호랑이는 마음대로 부리면서 저 화재는 당해내지 못할 수 있단 말인가?" 홍길주가 구씨의 효장만 불에 타지 않았다고 말하자, 순찰사가 말했다. "그야말로 진정한 효자다." 홍길주의 〈보은군효장재기報恩郡孝狀災記〉에 나온다. 그는 글 끝에 이렇게 썼다. "아, 불에도 정말 지각이 있단 말인가(火眞有知)!"

다산은 〈효자론孝子論〉에서, 사람마다 기호가 다른데 효자의 부모들은 어쩌면 꿩과 잉어, 자라, 눈 속의 죽순만 찾는지 모르겠다고 나무랐다. 마침내 이렇게까지 말했다.

저들은 부모의 죽음을 이용해 세상을 진동시킬 명예를 도둑질하니, 또한 어찌 된 셈인가? 이는 부모를 빙자해 명예를 훔치고 부역을 도피하며, 간사한 말을 꾸며 임금을 속이는 자들이다.

彼或乘此之時, 而因以盜其震世之名, 尙亦何哉? 是其藉父母以沽名逃役, 飾奸言以欺君者也.

당시에 가짜 효자, 조작된 열녀가 워낙 많았다는 얘기다. 평범한 효열孝烈로는 경쟁력이 없다 보니 그 내용도 갈수록 엽기적으로 변해갔다.

수습할 수 있을 때 김을 매자

—

滋蔓難圖

　윤기가 채마밭에서 잡초를 매다가 〈서채설鋤菜說〉을 썼다. 여러 날 만
에 채마밭에 나가 보니 밭이 온통 잡초로 뒤덮여 있었다. 채소는 잡초에
기가 눌려 누렇게 떠 시들었다. "아! 이것은 아름다운 종자인데 어쩌다
가 이 지경이 되었을꼬? 저 남가새나 도꼬마리는 사람에게 아무 유익함
이 없건만 누가 저리 무성히 자라게 했더란 말인가?" 깨끗이 김을 매주
자 채소가 겨우 기를 펴서 바람에 잎이 살랑대며 기쁜 빛이 있었다.
　그가 다시 말한다.

　앞서 채소가 처음 났을 때 이렇게 시원스레 해주었다면 비와 이슬

을 고루 받아 생기를 타고 잘 자라 아침저녁으로 따서 내 밥상을 도왔을 것이다. 저 나쁜 잡초가 어찌 침범할 수 있었겠는가? 또 채소가 잡초에게 곤욕을 겪은 것이 어찌 채소의 죄이겠는가? 잡초의 침범을 이기지 못해서였다. 잡초가 채소를 안중에 두지 않았던 것이 어찌 잡초의 잘못이랴? 마구 돋아날 때 김을 매지 않아서였을 뿐이다. 잘못은 사람에게 있으니 어찌 잡초가 밉고 채소가 애처로운 것이겠는가?

向使菜之始生也, 如此其廓如也, 則其被雨露也均, 其乘生意也遂, 朝筐暮襸, 助吾鼎俎, 之惡草安得而凌之哉? 且菜之困於衆草, 豈菜之罪哉? 不勝於衆草之侵駕也. 草之能有無菜之心者, 亦豈草之罪哉? 不見鋤於怒生之時也. 罪在於人, 尙何草之可惡, 菜之可哀也哉?

글 중에 잡초 운운한 대목은 《춘추좌씨전》 은공隱公 원년 조 기사에서 "넝쿨을 무성하게 번지게 해서는 안 된다. 넝쿨은 없애기가 어렵다(無使滋蔓, 蔓難圖也)"라고 한 데서 나왔다. 잡초를 미연에 막지 않으면 나중엔 넝쿨이 걷잡을 수 없이 번져서 손댈 수 없는 지경에 이르고 만다는 의미다. 윤기는 자신의 글을 이렇게 끝맺었다.

비록 그러나 지난 일은 그뿐이다. 오늘 황폐한 채마밭을 면한 것만도 다행이다. 저도 한때요 이도 한때이니 또 어이 한탄하리. 옛사람은 넝쿨풀은 제거하기가 어렵다고 했다. 지금 넝쿨을 내버려두는 바람에 마침내 캐내고 베어내는 수고가 있게 되었다. 하지만 채소는 이미 병들고 말았다. 세상 사람들아! 넝쿨을 내버려두면 안 된다.

雖然, 往者已矣. 今日之得免於荒園亦幸矣. 彼一時也, 此一時也, 又何恨焉.

古人有言曰: 蔓難圖也. 今任其蔓也, 故卒有芟夷蘊崇之勞. 而茶則已病矣. 世之人! 其毋待蔓也夫.

목은牧隱 이색李穡(1328~1396)도 이 뜻을 받아 〈제장입성諸將入城〉에서 이렇게 노래했다.

　잡초 넝쿨 도모하기 어렵단 말 예 듣더니
　미친 물결 되돌릴 수 있음을 이제 보네.
　昔聞蔓草圖非易　今見狂瀾倒可回

난마처럼 얽혔던 현실이 차츰 정상화되어 가는 정황을 노래한 내용이다.

무궁세계

해도해도 못다 할 일

—

無窮世界

윤기의 〈정상한화井上閑話〉에 재미난 시 한 수가 실려 있다.

세상의 하고 한 일
해도해도 다 못하리.
하고 하다 떠나가면
뒷사람이 하고 하리.
世上爲爲事　爲爲不盡爲
爲爲人去後　來者復爲爲

'위위爲爲'를 구절마다 반복했는데, '하고 하다'로 새겼다. 한문이 아니라 우리말로 말장난을 했다. 윤기는 시에 이런 설명을 덧붙였다. "누가 지은 것인지는 모르나, 얼핏 보면 저속한 듯해도 말뜻에 함축이 있고 형용이 참으로 절실하다. 가는 자는 떠나고 오는 자가 잇는다는 지극한 이치를 말한 대목이 가장 음미할 만하다."

이덕무는《이목구심서》에서 또 이렇게 얘기한다.

옛사람의 만시와 애사를 모아서 차례대로 늘어놓고 본다면, 갑이 죽으면 을이 이를 조문하고, 을이 갑자기 또 죽으면 병이 이를 조문한다. 이렇게 해서 끝없이 이어진다. 고인의 의론을 모아서 나란히 줄지어놓고 살펴보면, 갑이 한 말을 을이 반드시 비난하고, 을이 갑을 비난한 것은 다른 의론이 없을 것 같지만 병이 또 이를 비난해서 이 또한 끝도 없는 무궁세계다. 단지 이 두 가지 일을 가지고 이러쿵저러쿵하면서 그럭저럭 세월을 보내는 것이 아니겠는가?

集古人輓詩哀辭, 比次而觀, 甲死而乙吊之, 乙忽又死而丙吊之, 以至于無窮. 集古人議論, 比次而觀, 甲之言, 乙必非之. 乙之非甲者, 似無它議, 而丙又非之, 亦無窮世界. 只以此二事, 如許如許銷遣了否?

갑이 이것을 말하면 을이 저것으로 비난하고, 병이 발끈해서 왜 비난하느냐고 비난하고, 그러면 정이 비판과 비난을 구분 못한다고 비난한다. 끝에 가면 갑과 을은 같은 편이 되기도 하고, 애초에 무엇을 가지고 왜 싸웠는지도 모르게 된다.

정가의 말싸움이 이와 꼭 같다. 어떻게 그럴 수 있느냐고 하니, 무엇이 문제냐고 맞받고, 문제를 모르니 문제라고 하자, 그때 너희도 그렇지 않았느냐고 한다. 언론이 잠시 잠잠해지면 다시 웃고 악수하며 잘해보기로 했다고 한다. 이 끝없이 이어지는 무궁세계의 속내는 보통 사람이 알기가 참 어렵다. 일도 많고 말도 많고 그 말 때문에 탈도 많은 세상이다.

말의 품위와 격

——

忍默收斂

난무하는 말이 부쩍 어지럽다. 칼을 숨긴 혀, 꿀을 바른 입술이 계산된 언어로 포장되어 웅성대며 떠다닌다. 무엇을 듣고 어떻게 가릴까?

지금 사람들은 마음에 통쾌한 말을 하고, 마음에 시원한 일을 하느라 온통 마음의 기능을 다 쏟아붓는다. 있는 대로 정을 다 쏟아부어 조금도 여지를 남겨두지 않고, 터럭 하나조차 남에게 양보하려 들지 않는다. 성에 차야만 하고, 제 뜻대로 되어야만 한다. 옛사람이 말했다. 말은 다 해야 맛이 아니고, 일은 끝장을 보아서는 안 된다. 쑥대에 가득한 바람을 마다하지 말고, 언제나 몸 돌릴 여지는 남겨두어야 한다. 활은 너무 당기면 부러지고, 달은 가득 차면 기울게 마련이다.

今人說快意話, 做快意事, 都用盡心機, 做到十分盡情, 一些不留餘地, 一毫不肯讓人, 方才燥脾, 方才如意. 昔人云: 話不可說盡, 事不可做盡, 莫撦滿篷風, 常留轉身地, 弓太滿則折, 月太滿則虧.

청나라 석성금石成金이 《전가보傳家寶》에서 한 말이다. 당장에 상대를 말로 꺾어 기세를 올려도 그 말은 곧바로 부메랑이 되어 돌아온다. 끝장을 보자는 독설, 여지를 남겨두지 않는 독단의 언어는 독이 될 뿐 득이 없다.

청나라 부산傳山(1607~1684)은 《잡기雜記》에서 이렇게 썼다.

언어는 정말 통쾌한 뜻에 이르렀을 때 문득 끊어 능히 참아 침묵할 수 있어야 한다. 의기는 한창 피어오를 때 문득 가만히 눌러 거둘 수 있어야 한다. 분노와 욕망은 막 부글부글 끓어오를 때 문득 시원스레 털어버릴 수 있어야 한다. 이는 천하에 큰 용기가 있는 자가 아니고서는 능히 할 수 없는 일이다.

言語正到快意時, 便截然能忍默得. 意氣正到發揚時, 便翕然能收斂得. 忿怒嗜欲正到騰沸時, 便廓然能消化得. 非天下大勇者不能.

최고의 순간에 멈추기는 쉽지 않다. 절정에서 내려서기란 더 어렵다. 뜨거운 욕망의 도가니에서 훌쩍 뛰쳐나오려면 더 큰 용기가 필요하다. 조금만 더, 한 번만 더, 하다가 굴러떨어지면 그 추락에 날개가 없다. 생각이 깊으면 그 말이 경솔하지 않다. 큰 싸움꾼은 가볍게 싸우지 않는다. 말의 품위와 격을 자꾸 생각하게 되는 요즘이다.

재재화화

재앙의 빌미, 파멸의 구실

—

財災貨禍

《미공비급眉公祕笈》의 한 구절이다.

일찍이 돈 '전錢' 자의 편방偏傍을 살펴보니, 위에도 창 '과戈' 자가
붙었고, 아래에도 붙었다. 돈이란 참으로 사람을 죽이는 물건인데도
사람들이 깨닫지 못한다. 그럴진대, 두 개의 창이 재물[貝]을 다투는
것이 어찌 천賤하지 않겠는가?

嘗玩錢字傍, 上着一戈字, 下着一戈字, 眞殺人之物, 而人不悟也. 然則兩戈
爭貝, 豈非賤乎?

'잔戔'은 해친다는 뜻이다. 창이 아래위로 부딪치는 모양이니 그 사이에 끼면 안 다칠 수가 없다. '돈 전錢'과 '천할 천賤'에 모두 이 뜻이 들어 있다. 파자破字 풀이 속에 뜨끔한 교훈을 담았다.

윤기의 글에도 비슷한 얘기가 있다.

> 대저 재물(財)은 재앙(災)이고, 재화(貨)란 앙화(禍)다. 벼슬(仕)은 죽음(死)이고, 관직(宦)은 근심(患)이다. 세상 사람들은 재화財貨를 가지고 재화災禍를 당하고, 사환仕宦 때문에 사망의 환난(死患)에 걸려든다. 이는 본시 이치가 그런 것이다.
>
> 夫財者災也, 貨者禍也. 仕者死也, 宦者患也. 世之人以財貨而取災禍, 以仕宦而罹死亡之患者, 固其理然也.

앞서는 부수 자를 풀어 의미를 끌어냈고, 여기서는 독음으로 글자 풀이를 했다. 재물은 재앙이요, 재화는 화근이다. 사환仕宦의 벼슬길은 사환死患, 곧 죽음을 부르는 근심길이다.

세상 이치가 원래 그렇다니, 정말 그런가? 더할 나위 없이 가깝던 사이가 돈 문제로 한번 틀어지면 원수가 따로 없다. 물불을 안 가리고 천한 짓도 마다하지 않는다. 재재화화財災貨禍요, 사사환환仕死宦患이다. 재물로 떵떵거리고 벼슬길에서 득의연할 때는, 이것이 내게 재앙의 빌미가 되고, 나를 파멸로 몰고 갈 구실이 될 줄은 차마 몰랐다. 구렁텅이의 나락에 떨어진 뒤에야 그것을 알게 되니 때가 너무 늦었다.

풍류롭고 득의로운 일은
한번 지나가면 슬프고 처량해도,
맑고 참되고 적막한 곳은
오랠수록 점점 의미가 더해진다.
風流得意之事　一過輒生悲涼
淸眞寂寞之鄕　愈久轉增意味

《소창청기小窓淸記》의 한 단락이다. 단번에 통쾌한 일 말고, 잔잔히 오
래가는 은은한 향기를 생각한다.

화복상의

좋고 나쁨은 내게 달린 일

|

禍福相倚

어느 날 얼굴에서 환한 빛이 나는 신녀神女가 대문을 두드렸다. "어찌 오셨습니까?" "나는 공덕천功德天이다. 내가 그 집에 이르면 복을 구하던 자가 복을 얻고 지혜를 구하는 자는 지혜를 얻는다. 아들을 빌면 아들을 낳고 딸을 빌면 딸을 낳는다. 모든 소원을 다 뜻대로 이룰 수가 있다." 주인은 입이 함지박만 하게 벌어져 목욕재계를 한 후 공덕천을 집의 가장 윗자리로 모셨다.

잠시 뒤 얼굴이 시커멓고 쑥대머리를 한 추녀醜女가 찾아왔다. 주인이 퉁명스레 말했다. "너는 어찌 왔느냐?" "나는 흑암녀黑暗女다. 내가 그 집에 이르면 부자가 가난해지고, 귀한 자는 천하게 된다. 어린아이가 요절

하고 젊은이는 병들어, 남자가 대낮에 곡을 하고 여자는 밤중에 흐느끼게 된다." 주인이 팔을 내저으며 몽둥이로 그를 문밖으로 내쫓았다.

공덕천이 말했다. "안 된다. 나를 섬기려는 자는 또한 저 사람도 섬겨야 한다. 나와 저 사람은 형상과 그림자의 관계요, 물과 물결의 사이이며, 수레와 바퀴의 관계다. 내가 아니면 저도 없고, 저가 아니면 나도 없다." 주인이 경악해서 손을 저으며 공덕천마저 내보냈다. 원굉도袁宏道(1568~1610)의《광장廣莊》에 나오는 얘기다.

인간의 화복禍福이 맞물려 있어, 복만 받고 화는 멀리하는 이치란 없다는 뜻이다.《노자》도 "화는 복이 기대는 바이고, 복은 화가 숨어 있는 곳이다(禍兮福所倚, 福兮禍所伏)"라고 했다. 그렇다면 변고를 만났을 때 이를 복으로 돌리는 지혜와, 복을 누리면서 그 속에 잠복해 있는 화를 감지해 미연에 이를 막는 슬기를 어떻게 갖추느냐가 문제다. 눈앞의 복에 취해 그것이 천년만년 갈 줄 알고 멋대로 행동하다가 제 발로 파멸의 구렁텅이에 빠진다. 재앙을 만나면 세상에 저주를 퍼붓고 하늘을 원망해 복이 기댈 여지를 스스로 없앤다.

공덕천을 맞아들이려면 흑암녀가 따라 들어온다. 흑암녀가 무서운데 공덕천이 어찌 겁나지 않으랴! 좋기만 한 것은 없다. 나쁘기만 한 것도 없다. 나쁜 것을 좋게 돌리고, 좋은 것을 나쁘게 되지 않게 하려면 매사에 삼가고 두려워하는 자세를 잃지 않아야 한다.

인재를 얻는 그물

得鳥之方

두혁杜赫이 동주군東周君에게 경취景翠를 추천하려고 짐짓 이렇게 말했다.

군君의 나라는 작습니다. 지닌 보옥을 다 쏟아서 제후를 섬기는 방법은 문제가 있군요. 새그물을 치는 사람 얘기를 들려드리지요. 새가 없는 곳에 그물을 치면 종일 한 마리도 못 잡고 맙니다. 새가 많은 데에 그물을 펴면 또 새만 놀라게 하고 말지요. 반드시 새가 있는 듯 없는 그 중간에 그물을 펼쳐야 능히 많은 새를 잡을 수가 있습니다. 이제 군께서 대인大人에게 재물을 베푸시면 대인은 군을 우습게 봅니다.

소인에게 베푸신다 해도 소인 중에는 쓸 만한 사람이 없어서 재물만 낭비하고 말지요. 군께서 지금의 궁한 선비 중에 틀림없이 대인이 될 것 같지는 않은 사람에게 베푸신다면 소망하는 바를 얻을 수 있을 것입니다.

君之國小, 盡君子重寶珠玉, 以事諸侯, 不可不察也. 譬之如張羅者, 張于無鳥之所, 則終日無所得矣. 張于多鳥處, 則又駭鳥矣. 必張于有鳥無鳥之際然後, 能多得鳥矣. 今君將施于大人, 大人輕君. 施于小人, 小人無可以求, 又費財焉. 君必施于今之窮士, 不必且爲大人者, 故能得欲矣.

《전국책戰國策》에 나오는 얘기다. 득조지방得鳥之方, 즉 새를 많이 잡는 방법은 새가 많지도 않고 없지도 않은 중간 지점에 그물을 치는 데 있다. 너무 많은 곳에 그물을 치면 새떼가 놀라 달아나서 일을 그르친다. 전혀 없는 곳에 그물을 펼쳐도 헛수고만 하고 만다. 대인은 이미 아쉬운 것이 없는데 그에게 재물을 쏟아부으면 대인은 씩 웃으며 "저자가 나를 우습게 보는구나" 할 것이다. 그렇다고 소인에게 투자해서도 안 된다. 애초에 건질 것이 없어서다. 지금은 궁한 처지에 있지만 손을 내밀면 대인으로 성장할 만한 사람에게 투자하면 그는 크게 감격해서 자신의 능력을 십이분 발휘할 것이다. 이 중간 지점의 공략이 중요하다. 대인은 움츠리고 소인은 분발해서 그물에 걸려드는 새가 늘게 된다.

큰일을 하려면 손발이 되어줄 인재가 필요하다. 거물은 좀체 움직이려 들지 않고 거들먹거리기만 한다. 상전 노릇만 하다가 조금만 소홀해도 비웃으며 떠나간다. 소인배는 쉬 감격해서 깜냥도 모르고 설치다 일을 그르친다. 역량은 있으되 그것을 펼 기회를 만나지 못한 이에게 동기를 부여해줄 때 뜻밖의 성과를 거둘 수 있다. 새그물은 중간에 쳐라. 하지만 그 중간이 대체 어디란 말인가? 그가 그 사람인 줄을 알아보는 안목이 없다면 이 또한 하나마나 한 소리다.

십무낭자

앞날을 묻지 않는다

|

十無浪子

오대五代의 풍도馮道(882~954)는 젊은 시절 자신을 '십무낭자十無浪子'
로 자처했다. 그가 꼽은 열 가지는 이렇다.

좋은 운을 타고나지 못했고, 외모도 별 볼일 없다. 이렇다 할 재주
도 없고, 문장 솜씨도 없다. 특별한 능력과 재물도 없다. 지위나 말재
주도 없고, 글씨도 못 쓰고, 품은 뜻도 없다.

無星, 無貌, 無才, 無文, 無能, 無財, 無地, 無辯, 無筆, 無志.

한마디로 아무짝에 쓸모없는 허랑한 인간이란 뜻이다.

그래도 그는 자포자기하는 대신 긍정적 에너지를 잃지 않았다. 그의
시는 이렇다.

> 궁달은 운명에 말미암는 걸
> 어이 굳이 탄식하는 소리를 내리.
> 다만 그저 좋은 일을 행할 뿐이니
> 앞길이 어떠냐고 묻지를 말라.
> 겨울 가면 얼음은 녹아내리고
> 봄 오자 풀은 절로 돋아나누나.
> 그대여 이 이치 살펴보게나
> 천도는 너무도 분명하고나.
>
> 窮達皆由命　何勞發歎聲
> 但知行好事　莫要問前程
> 冬去氷須泮　春來草自生
> 請公觀此理　天道甚分明

힘들어도 죽는소리를 하지 않는다. 오직 옳고 바른 길을 가며 최선을
다한다.
한 수 더.

> 위험한 때 정신을 어지러이 갖지 말라
> 앞길에도 종종 기회가 있으리니.
> 해악海嶽이 명주明主께로 돌아감을 아나니

건곤은 길인吉人을 반드시 건져내리.
도덕이 어느 때고 세상을 떠났던가
배와 수레 어디서든 나루에 안 닿을까.
마음속에 온갖 악이 없게끔 해야지만
호랑虎狼의 무리 속에서도 몸 세울 수 있으리라.

莫爲危時便愴神　前程往往有期因
須知海嶽歸明主　未必乾坤陷吉人
道德幾時曾去世　舟車何處不通津
但敎方寸無諸惡　狼虎叢中也立身

　하늘은 길인을 위기 속에 빠뜨리지 않는다는 믿음으로 마음을 닦으며, 한 치 앞을 내다볼 수 없는 역사의 각축장에서 장차 주어질 기회의 순간을 참고 기다렸다.

　그는 십무十無의 밑바닥에서 출발해 네 왕조의 열 임금을 섬기며 20여 년간 재상의 지위에 있었다. 세상 사람들은 그를 '부도옹不倒翁', 즉 고꾸라지지 않는 노인이라 불렀다. 스스로는 '장락로長樂老'라고 자호自號했다. 그는 중국 역사상 처음으로 5경을 판각하여 출판했다. 그는 자신을 아꼈고, 세상을 원망하지 않았다.

가경가비

공경스러우나 슬프다

|

可敬可悲

이세재李世載(1648~1706)는 실무의 역량이 탁월했다. 부산 왜관에는 툭하면 차왜差倭가 드나들며 불법 교역을 일삼고, 풍속을 해치는 사건이 빈번하게 일어났다. 그가 동래부사로 부임하면서 규정을 점검하고 과감한 조처를 취하자 왜인들이 거세게 반발했다. 하지만 얼마 못 가 그의 위엄에 압도되어 간사한 버릇을 고쳤다. 그는 동래부가 생긴 이래 최고 명관이란 찬사를 들었다.

1698년 경상관찰사가 되어서는 칠곡의 가산산성架山山城을 새로 쌓고, 병기를 정비해 만약의 사태에 대비했다.

뒤에 그가 평안감사로 부임했다. 그곳의 자모산성慈母山城은 옛 고구려의 수도 평양성을 지키던 성 가운데 하나였다. 임꺽정이 이곳을 본거지로 삼아 활동했을 만큼 수량水量도 풍부하고 입지도 훌륭했다.

산성의 전략적 중요성을 한눈에 파악한 이세재가 무너진 성첩을 보수하려 했으나 쌓을 벽돌이 없었다. 산성 위에 해묵은 구덩이 수십 개가 있었다. 파보니 벽돌 굽는 가마가 나왔다. 그리고 구덩이마다 이미 구워진 벽돌이 가득 들어 있었다. 벽돌마다 박서朴犀란 두 글자가 또렷했다.

박서가 누군가? 1231년 귀주龜州 전투에서 그 포악한 몽골군을 물리쳤던 고려의 명장이 아닌가. 그는 1만이 넘는 몽골군의 발을 귀주성에 넉 달이나 묶어두어 그들의 계획에 큰 차질을 빚게 만든 인물이다. 그가 이곳 자모산성에 성을 쌓으려고 벽돌을 만들었다가 미처 완성하지 못했던 것이다. 수백 년 뒤 이세재가 그 벽돌을 꺼내 산성을 쌓는 데 요긴하게 썼다. 이세재는 자산부사慈山府使 정석빈鄭碩賓과 함께 둔전을 경영해 경비를 마련하기도 했다.

이덕리李德履(1725~1797)가 자신의 국방 제안을 담은 실학서《상두지桑土志》에 이 일을 기록했다. 끝에 그가 한마디를 보탰다. "옛사람의 정신과 기력은 수백 년 뒤에도 그 뜻과 사업을 능히 펼 수 있게 하니, 공경할 만하고 또한 슬퍼할 만하다(古人精神氣力, 能於數百年後, 伸其志業, 可敬亦可悲也)." 때와 못 만난 그의 불우가 슬프지만, 박서의 선견지명은 수백 년 뒤 이세재를 만나 빛을 발했다.

구겸패합

간사한 자를 판별하는 법

|

鉤鉗揣闔

이이첨李爾瞻(1560~1623)이 함경감사로 부임하던 날, 수레를 타고 만세교萬歲橋를 건넜다. 그는 서안書案에 놓인 책만 보며 바깥 풍경에 눈길한번 주지 않았다. 감영의 기생들이 그의 잘생긴 얼굴과 단정한 거동을보고는 신선 같다며 난리가 났다.

늙은 기생 하나가 말했다.

내가 사람을 많이 겪어보았는데, 사람의 정리란 거기서 거기다. 이곳 만세교는 우리나라에서 손꼽는 기이한 볼거리다. 누구든 처음보면 눈을 이리저리 굴리며 돌아보지 않을 수가 없다. 이것을 쳐다

보지도 않는다면 사람의 정리가 아니다. 그는 성인이 아니면 소인일 것이다.

余閱人多矣. 人情不甚相遠. 此地萬歲橋, 儘是我國奇觀. 人之初見, 孰不遊目環顧而視. 若不見此, 非人情也. 如非聖人, 必是小人矣.

이이첨은 인물이 관옥冠玉처럼 훤했다. 대화할 때 시선이 상대의 얼굴 위로 올라오는 법이 없었고, 말은 입 밖으로 내지 못하는 것처럼 웅얼거렸다(視不上於面, 言若不出口). 그를 본 이항복이 말했다. "한 세상을 그르치고, 나라를 망치고 집안에 재앙을 가져올 자가 반드시 이 사람일 것이다." 뒤에 그대로 되었다. 《송천필담》에 나오는 얘기다.

명나라 왕달王達은 《필주筆疇》에서 이렇게 말했다.

말할 듯 말하지 않으면서 남을 해칠 기미를 감추고, 웃는 듯 웃지 않으면서 쥐었다 놓았다 하는 뜻을 머금는 사람이 있다. 이런 사람은 틀림없이 간사한 사람이다.

其有欲言不言, 而藏鉤鉗之機, 欲笑不笑, 而含捭闔之意, 此必奸人也.

할 말이 있는 것 같은데 입을 열지 않고, 웃으려다가 문득 웃음기를 거둔다. 머릿속에 궁리가 많기 때문이다. 구겸鉤鉗은 갈고리나 집게처럼 박힌 물건을 뽑아내는 도구다. 패합捭闔은 열고 닫는 것이니, 상대를 쥐었다 놓았다 하며 가지고 논다는 의미다.

왕달은 이런 말도 남겼다.

험한 사람 앞에서는 남의 사적인 이야기를 하면 안 된다. 간사한 사람 앞에서는 남의 속임수를 논해서는 안 된다. 나는 한때 말하고, 저도 한때 들었다. 말한 사람은 굳이 저를 비난하려 한 것이 아닌데, 듣는 사람은 마음에 쌓아두고 잊지 않는다. 험한 사람은 그 사사로운 이야기를 폭로와 비방의 거리로 삼고, 간사한 자는 그 기교機巧를 써서 이익의 바탕을 만든다.

險人之前, 不可語人之陰私, 奸人之前, 不可論人之機巧. 我一時言之, 彼一時聽之. 言之者固不爲難彼, 聽之者蓄之於心而不忘矣. 險者資其陰私, 以爲訐本. 奸者用其機巧, 以爲利基.

갈고리와 집게의 수단을 감추고 마음을 열었다 닫았다 하는 속임수가 온통 난무하는 세상이다.

청탁을 막으려면

庭水投書

　북위北魏 사람 조염趙琰이 청주자사青州刺史로 있을 때, 고관이 편지를 보내 청탁을 했다. 그는 마당의 물속에 편지를 던져버리고(庭水投書) 이름도 쳐다보지 않았다. 진晉나라 공익孔翊은 낙양령洛陽令으로 있으면서, 뜰에 물그릇을 놓아두고 청탁 편지를 모두 물속에 던졌다. 질도郅都는 제남濟南의 수령이 되어 가서 사사로운 편지는 뜯어보지도 않고, 선물과 청탁을 물리쳤다. 진태陳泰는 병주태수幷州太守로 있으면서 장안의 귀인들이 보낸 편지를 뜯지도 않고 벽에 걸어두었다. 다시 부름을 받아 올라가자 그 편지를 모두 본인들에게 되돌려주었다.

　마준馬遵이 개봉윤開封尹이 되자 권세가와 호족의 청탁이 끊이지 않았다. 손님이 청탁을 하면 잘 예우하여 면전에서 꺾어 거절하지는 않았다. 하지만 그 후 일처리는 일절 사사로움 없이 법대로만 처결했다. 포성현蒲城縣 주부主簿 진양陳襄도 읍내 세족世族의 청탁 때문에 일을 할 수가 없었다. 청탁하는 자가 있으면 갑작스레 법으로 다스리지 않고 좋게 타일렀다. 송사訟事에는 반드시 몇 사람을 함께 입회케 하여 청탁하는 자가 입을 떼지 못하게 했다.

개봉지부開封知府 포증包拯은 사사로운 청탁이 절대 통하지 않아 사람들이 그를 염라대왕 포노인包老人으로 불렀고, 기주자사冀州刺史 왕한王閑도 사사로운 편지를 뜯지 않고, 호족들을 용서치 않아 왕독좌王獨坐로 불렀다.

다산 정약용이 금정찰방으로 내려가 있을 때, 홍주목사 유의柳誼에게 편지를 보내 공사公事를 의논코자 했다. 그런데 끝내 답장이 없었다. 뒤에 만나 왜 답장을 하지 않았느냐고 따져 물으니, "벼슬에 있을 때는 내가 본래 사적인 편지를 뜯어보지 않소" 하고 대답했다. 심부름하는 아이를 불러 편지 상자를 쏟게 하자, 봉함을 뜯지 않은 편지가 수북했다. 모두 조정의 귀인들이 보낸 것이었다. 다산이 삐쭉 입이 나와 말했다. "그래도 내 편지는 공사였소." "그러면 공문으로 보냈어야지." "비밀스러운 내용이라 그랬소." "그러면 비밀공문이라고 썼어야지." 다산이 아무 말도 못했다. 《목민심서》〈율기律己〉 중 〈병객屛客〉에 나온다.

파사현정

기준을 명확히 세워라

—

破邪顯正

삼론종三論宗은 고대 대승불교의 한 종파다. 수나라 때 길장吉藏이《삼론현의三論玄義》에서 이렇게 썼다.

다만 논論에는 비록 세 가지가 있지만, 의義는 오직 두 가지 길뿐이다. 첫째는 현정顯正이요, 둘째는 파사破邪다. 삿됨을 깨뜨리면 아래로 가라앉은 것을 건져내고, 바름을 드러내면 위로 큰 법이 넓혀진다.

但論雖有三, 義唯二轍. 一曰顯正, 二曰破邪. 破邪則下拯沈淪, 顯正則上弘大法.

파사현정은 삿됨을 깨뜨려 바름을 드러낸다는 말이다. 삿됨을 깨부수자 가라앉아 있던 진실이 수면 위로 올라온다. 바름을 드러내니 정대하여 가림이 없다. 유가에서는 척사위정斥邪衛正이란 비슷한 표현이 있다. 삿됨을 배척해 바른 가치를 지켜낸다는 의미다. 삿된 것과 바른 것이 뒤섞여 구분이 안 되는 탓에 세상이 늘 어지럽다. 악이 선의 얼굴을 하고 세상을 횡행한다. 정의가 불의 앞에 힘을 잃고 뒷전으로 내려앉는다. 옳고 그름이 이익과 손해의 잣대에 밀려 구분이 흐려진다. 기준을 명확히 세우면 삿된 기운은 절로 물러간다.

여기서 살펴야 할 점이 있다. 신흠이 〈검신편檢身篇〉에서 말했다.

자기의 허물은 살피고, 남의 허물은 보지 않는 것은 군자다. 남의 허물은 보면서 자기의 허물은 살피지 않는 것은 소인이다. 자신을 점검함을 진실로 성실하게 한다면 자기의 허물이 날마다 제 앞에 보일 터이니, 어느 겨를에 남의 허물을 살피겠는가. 남의 허물만 살피는 것은 자신을 검속함이 성실치 못한 것이다. 자기의 잘못은 용서하고 남의 허물은 살피며, 자기의 허물에 대해서는 침묵하면서 남의 허물은 들춰내니, 이야말로 허물 중에 큰 허물이다. 자기의 허물을 능히 고치는 사람은 허물이 없는 사람이라고 말할 만하다.

見己之過, 不見人之過, 君子也. 見人之過, 不見己之過, 小人也. 檢身苟誠矣, 己之過日見於前, 烏暇察人之過. 察人之過, 檢身不誠者也. 己過則恕, 人過則知. 己過則嘿, 人過則揚. 是過也大矣. 能改己過者, 方可謂無過人.

날마다 밝혀지는 지난 시절의 삿된 행태에 기가 차다 못해 민망하다.

잘못은 확실히 드러내 바로잡아야 한다. 다만 진실의 힘으로 삿됨을 깨뜨릴 뿐, 지난 허물 들추기에만 바쁘면 안 된다.

심자양등

깊이에도 차원이 있다

—

深者兩等

《언행휘찬》에 깊이의 두 종류를 논한 글이 있어 소개한다.

　사람의 깊이는 두 종류가 있다. 하나는 심침深沈이다. 마치 말이 어눌하여 스스로를 지키는 듯한데 남을 포용하고 사물을 인내한다. 속에 든 자기 생각이 분명해도 겉으로는 심후深厚하다. 모난 구석을 드러내지 않고, 재주를 뽐내는 법이 없다. 이것은 덕 중에서도 상등 가는 것이다. 다른 하나는 간심奸深이다. 입을 꽉 닫아 마음을 감춰두고 기미를 감추고서 속임수를 쓴다. 움직임을 좋아하고 고요함을 미워하며, 드러난 자취는 어그러지고 비밀스럽다. 두 눈으로 곁눈질하고 한

마디 말에도 가시가 있다. 이는 악 중에서도 특히 심한 것이다. 이 두 등급의 사람이 비록 겉모습은 비슷해 보여도 찬찬히 살펴보면 큰 차이가 있다. 근래에는 심침한 군자를 간심한 것과 한가지로 본다. 어찌 경박하게 움직이고 얕고 조급한 자에게서 훌륭한 선비를 찾는 격이 아니겠는가?

人之深者有兩等焉. 一曰深沈, 如訥言自守, 容人忍物. 內裏分明, 外邊深厚. 不露圭角, 不逞才華. 此德之上者也. 一曰奸深. 如閉口存心, 藏機挾詐, 喜動惡靜, 形迹詭秘. 兩目斜視, 片語針鋒. 此惡之尤者也. 此兩等人, 雖若相似, 細察之, 大相逕庭也. 近日以深沈君子, 與奸深並觀, 豈非以浮動淺躁者, 覓善士哉?

심침은 묵직한 무게감에서 오는 깊이다. 간심은 간악한 마음을 감추려고 속내를 드러내지 않는 음험함이다. 한 사람은 어눌한 듯 자신을 지키고, 한 사람은 입을 닫아 자기 간을 따로 둔다. 이쪽은 분명한 자기 주견이 있어도 남을 포용하는 도량이 있다. 저쪽은 매순간 눈빛을 번득이며 무심코 뱉는 한마디 말로도 남을 찌른다.

속 깊은 것과 의뭉한 것은 다르다. 자신을 낮추느라 생긴 깊이와, 틈을 엿보려 만든 깊이가 같을 수 없다. 세상이 어지러울수록 이 둘의 구분이 흐려진다. 그리하여 간악한 자가 속내를 숨겨 대인군자 행세를 하고, 상대의 묵직한 깊이를 무능함으로 매도해 이용하고 업신여긴다. 심침과 간심! 이 둘을 잘 분간해 그에 걸맞은 대접을 해주는 사회라야 건강한 사회다. 가짜들이 설쳐대면 희망이 없다.

수레가 들어올 수 없는 담장

—

築墙繞曲

윤원형尹元衡은 대비 문정왕후의 오라비였다. 권세가 대단했다. 이조판서로 있을 때 누에고치 수백 근을 바치며 참봉 자리를 청하는 자가 있었다. 낭관郎官이 붓을 들고 대기하며 이름을 부르기를 기다리는데 윤원형은 꾸벅꾸벅 졸고만 있었다. 기다리다 못한 낭관이 "누구의 이름을 적으리까?" 하고 묻자, 놀라 깬 윤원형이 잠결에 "고치!"라고 대답했다. 앞서 누에고치 바친 자의 이름을 쓰라는 뜻이었다. 그러고는 다시 졸았다. 못 알아들은 낭관이 나가서 고치高致란 이름을 가진 자를 아무리 찾아도 없었다. 먼 지방의 한사寒士 중에 이름이 고치인 자가 있었으므로 그에게 참봉 벼슬을 내렸다. 유몽인의 《어우야담於于野譚》에 나온다.

윤원형의 첩 정난정鄭蘭貞은 당시 본처를 독살하고 정실 자리를 차지했다는 소문이 파다했다. 병문안 온 정난정이 앓아누운 본처에게 음식을 바쳤는데 그것을 먹자마자 본처가 가슴을 치며 답답해하다가 바로 죽었다는 풍문이었다. 첩이 정실로 들어앉아 행세해도 사람들은 그 위세에 눌려 아무 소리도 못했다.

정난정의 친오라비에 정담鄭淡이란 사람이 있었다. 그는 제 동생이 하는 짓을 보면서 반드시 큰 재앙을 입게 될 줄을 미리 알았다. 그는 여동생을 멀리했다. 왕래를 간청해도 들은 체도 하지 않았다. 자신이 사는 집의 문 안쪽에 일부러 담장을 구불구불하게 쌓아(築墻繞曲) 가마를 타고는 도저히 출입할 수 없게끔 만들었다. 이 때문에 정난정이 오라비를 찾아가 볼 수도 없었다. 드러내놓고 거절한 것은 아니지만 거부하는 서슬이 사뭇 매서웠다.

윤원형이 실각한 뒤 금부도사가 온다는 말에 저를 죽이러 오는 줄 안 정난정은 제 스스로 목을 매고 죽었다. 윤원형도 엉엉 울며 지내다가 얼마 못 가 죽었다. 하지만 정담은 평소의 처신 때문에 여동생의 죄에 연루되지 않았다. 그는 호를 물재勿齋라 했다. 예가 아니면 하지도 않고 보지도 않고 듣지도 않는 집이란 뜻을 담았다. 그는 문장에도 능했고 《주역》에도 밝았다. 하지만 자신을 좀체 드러내는 법이 없었으므로 사람들이 그를 어질게 보았다. 《공사문견록公私聞見錄》에 보인다.

남의 칭찬에 나를 잃다

—

得譽可憂

퇴계가 정유일鄭惟—에게 보낸 답장에서 이렇게 말했다.

세상에서 행하는 바는 매번 남보다 한 걸음 물러서고, 남에게 조금 더 낮추는 것이 가장 중요하다. 후진이 선진의 문하에 오르면, 주인이 야 비록 믿을 만하다 해도, 문하에 있는 빈객을 모두 믿을 수 있겠는 가. 이 때문에 발 한 번 내딛고 입 한 번 여는 사이에도, 기림을 얻지 못하면 반드시 헐뜯음을 얻고 만다. 헐뜯음을 얻는 것은 진실로 두려 위할 만하고, 기림을 얻는 것은 더더욱 근심할 만하다. 옛사람이 후진 을 경계한 말은 이렇다. "오늘 임금 앞에 한번 칭찬을 얻고, 내일 재

상의 처소에서 기림을 한차례 얻고서, 이로 인해 스스로를 잃은 자가
많다."

所以行於世者, 則每以退人一步, 低人一頭, 爲第一義. 後進登先進之門, 主
人雖是可信, 其在門賓客, 皆可信耶. 故於一投足一開口之間, 不得譽則必得
毀, 得毀固可畏, 得譽更可憂. 古人戒後進之言曰: 今日人主前得一獎, 明日宰
相處得一譽, 因而自失者多矣.

스스로를 잃었다는 것은 무슨 말인가? 임금과 재상의 칭찬을 한번 듣
고 나면 그만 우쭐해서 세상을 다 얻은 듯이 교만하게 굴다가 남의 헐뜯
음을 입어 원래보다 더 낮은 자리로 끌려 내려간다는 뜻이다. 남에게 비
난받을 행동을 하는 것은 두렵고, 남이 나를 칭찬하는 것은 더더욱 겁난
다. 비난은 고치면 칭찬으로 바뀌지만, 칭찬에 도취되면 더 올라갈 곳이
없다.

명나라 때 육수성陸樹聲이 《청서필담淸暑筆談》에서 말했다.

사대부가 나아가고 물러남에 있어 우연히 득실이 합치됨은 모두
정해진 운수가 있어서다. 하지만 득실은 살아생전에 그치고, 시비는
죽은 뒤에 나온다. 대개 몸과 명예의 득실은 한때에 누리고 못 누리
는 것과 관계된다. 하지만 공론公論의 옳고 그름은 천년의 역사 속에
서 권면과 징계에 관계된다. 그래서 얻고 잃음은 한때이고, 영예와 욕
됨은 천년이라고 말하는 것이다.

士大夫出處遇合得失, 皆有定數. 然得失止于生前, 是非在身後. 盖身名之得
失, 關一時之享否, 而公論之是非, 係千載勸懲. 故得失一時, 榮辱千載.

한때 떵떵거리고 잘살아도 천년의 손가락질은 피할 길이 없으니 그것이 무섭다. 잠깐의 득의와 천년의 욕됨을 맞바꿀 것인가?

바로 보고 멀리 보자

4

惜福

자식을 아껴 짐승으로 기르다

―

愛而不敎

윤기가 〈잡기雜記〉에서 "사랑하기만 하고 가르치지 않으면 짐승으로 기르는 것이다(愛而不敎, 獸畜之也)"라고 했다. 이어 《주자가례》에 실린 다음 글을 인용했다.

처음 지각이 있을 때 높고 낮음과 어른과 아이의 예법을 알게 하지 않으면 안 된다. 만약 부모에게 함부로 욕하고 형과 누이를 때리는데도 부모가 야단쳐 금하지 않고 도리어 웃으면서 잘한다고 하면 저가 이미 좋고 나쁨을 가늠하지 못하는지라 그래도 되는 줄로 여긴다. 이미 자라 습성을 이룬 뒤에는 화를 내며 못하게 해도 막을 수가 없다.

결국 부모는 자식을 미워하고, 자식은 부모를 원망해, 잔인하고 패역함에 이르게 된다. 이는 부모가 깊은 식견과 먼 염려가 없어서 작은 싹이 자라남을 막지 못하고, 작은 사랑에 빠져 그의 악행을 길러주었기 때문이다.

於其始有知, 不可不使之知尊卑長幼之禮. 若侮詈父母, 毆擊兄姊, 父母不加訶禁, 反笑而奬之, 彼旣未辨好惡, 謂禮當然. 及其旣長, 習以成性, 乃怒而禁之, 不可復制. 於是父疾其子, 子怨其父, 殘忍悖逆, 無所不至. 蓋父母無深識遠慮, 不能防微杜漸, 溺於小慈, 養成其惡故也.

자식을 기이한 보물이라도 얻은 듯이 여겨 제멋대로 굴게 놓아둔다. 사람을 때리거나 남의 물건을 망가뜨리면 기개가 있다고 자랑하고, 패악스러운 말과 해괴한 행동을 해도 졸렬하지 않다고 칭찬한다. 남이 제 자식을 잘못 건드리면 갖은 욕설과 사나운 낯빛으로 두둔한다. 상스러운 욕설을 해도 크면 자연히 나아지겠지 하고 내버려둔다.

조금 자라 성질을 못 이겨 집안을 뒤집거나, 이웃에 해를 끼치면 그때는 막지도 못하고 야단칠 수도 없다. 아이는 속으로 '누가 감히 나를 대항하랴' 하며, 마음에 들면 제가 먼저 차지해 무턱대고 빼앗고, 부형이 시키는 일은 동쪽으로 가려다가도 서쪽으로 간다. 교만방자해져서 눈을 부라리며 멋대로 날뛴다. 마침내 부모를 속이고 미움을 품어, 도둑질까지 하기에 이른다. 어울리는 자는 부랑배요, 즐기는 것은 도박과 술자리다. 그제야 막으려 드니 번번이 충돌만 심해진다. 모른 체하자니 내 자식이요, 말을 하자니 제 얼굴에 침 뱉기라 숨겨 참고 지내다 보면 속이 다 썩어 문드러진다.

윤기는 이렇게 글을 맺었다.

이는 모두 지난날 사랑하기만 하고 가르치지 않아 짐승으로 기른 탓이다. 하지만 사람마다 다 그러해서 일찍이 이 같은 투식을 벗어난 자가 없다. 인재가 일어나지 않고, 세상의 도리가 날로 무너지는 것을 또 어이 괴이타 하랴.

此皆前日愛而不教, 獸畜之過也. 然而人人皆然. 曾無免得此套者. 人材之不興, 世道之日壞, 又何足怪乎.

의관구체

옷을 잘 차려입은 개돼지

—

衣冠狗彘

명말 장호張灝의 《학산당인보學山堂印譜》를 보니 "선비가 염치를 알지 못하면 옷 입고 갓 쓴 개돼지다(士不識廉恥, 衣冠狗彘)"라고 새긴 인장이 있다. 말이 자못 시원스러워 원출전을 찾아보았다. 진계유陳繼儒의 《소창유기小窓幽記》에 실린 말로, "사람이 고금에 통하지 않으면 옷을 차려입은 마소다(人不通古今, 襟裾馬牛)"가 안짝으로 대를 이루었다.

말인즉 이렇다. 사람이 식견이 없어 고금의 이치에 무지해, 되는대로 처신하고 편한 대로 움직이면 멀끔하게 잘 차려입어도 마소와 다를 것이 없다. 염치를 모르는 인간은 어찌해볼 도리가 없다. 개돼지에게 갓 씌우고 옷을 해 입힌 꼴이다. 염치를 모르면 못하는 짓이 없다. 앉을 자리

안 앉을 자리를 가릴 줄 모르게 된다. 아무데나 꼬리를 흔들고, 어디에
나 주둥이를 박아댄다.

《언행휘찬》에서는 이렇게 말했다.

사대부가 벼슬을 탐하지 않고 돈을 아끼지 않더라도, 경제에 보탬
이 되어 사람에게 혜택이 미치는 바가 하나도 없다면, 마침내 하늘이
성현을 낸 뜻은 아니다. 대개 제 몸을 깨끗이 지니고 몸을 잘 닦는 것
은 덕德이다. 사람을 구제하고 만물을 이롭게 하는 것은 공功이다. 덕
만 있고 공은 없다면 되겠는가?

士大夫不貪官, 不愛錢, 一無所利濟以及人, 畢竟非天生聖賢之意. 蓋潔己好
修, 德也. 濟人利物, 功也. 有德而無功, 可乎?

제 몸가짐이 제아무리 반듯해도 세상에 보탬이 될 수 없다면 그것조차
쓸모없다고 했다. 그것은 무능한 것이다. 사실 이런 것은 바라지도 않는
다. 벼슬 욕심은 버릴 생각이 조금도 없고 재물의 이익도 놓칠 수가 없
다. 자리만 차고 앉아 세상에는 보탬이 안 되고 제게 보탬이 될 궁리만
한다.

남송 때 오불吳芾이 말했다. "백성에게 죄를 얻느니, 차라리 상관에게
죄를 얻겠다(與其得罪於百姓, 不如得罪於上官)." 이형李衡은 "벼슬에 나아가 임
금을 저버리느니, 물러나 도에 합당하게 사는 것이 낫다(與其進而負於君, 不
若退而合於道)"라며 같은 말을 다르게 했다. 위정자들에게 이런 처신, 이런
몸가짐을 기대하는 것은 정말 사치스러운 꿈인가?

장호의 인장, 인문印文은 "선비가 염치를 알지 못하면 옷 입고 갓 쓴 개돼지다(士不識廉恥, 衣冠狗彘)"이다.

인재 선발의 기준

—

燃犀照渚

김종직金宗直(1431~1492)의 시 〈술회述懷〉를 읽는다.

인사고과 핵심은 전형銓衡에 달렸으니
어진 이가 어이해 안팎 천거 혐의하랴.
열에 다섯 얻는대도 나라 보답 충분커늘
임금이 귀히 여김 어이해 헤아리랴.
열 손가락 가리킴을 삼가지 아니하면
남이 다시 물소 뿔 태워 우저牛渚 물가 비추리라.
천군天君은 지엄하고 여론은 공변되니

대오臺烏가 입 다물고 말 없다고 하지 마소.

庶績之凝在銓敍　哲人何嫌內外擧
拔十得五足報國　寧用計校王玉女
十手所指苟不愼　人更燃犀照牛渚
天君有嚴輿論公　莫謂臺烏噤無語

시 속에 고사가 많다. 조정의 인재 선발은 전형을 잘해 적임자를 발탁하는 데 달렸다. 춘추시대 대부 기해祁奚가 늙어 사직하며 원수 해호解狐를 천거했다가 그가 죽자 아들 오午를 천거한 일이 있다. 나랏일에는 원수도 없고 아들도 없다. 적임자만 있다.

4구는 《시경詩經》〈대아大雅 민로民勞〉에 "왕이 너를 옥으로 여기시니, 내가 크게 간하노라〔王欲玉女, 是用大諫〕"에서 따왔다. 못된 소인들이 왕의 총애를 믿고 권세를 도둑질함을 꾸짖은 내용이다. 인재 선발의 기준이 임금의 총애 여부여서는 안 된다.

6구도 고사다. 진晉나라 때 온교溫嶠가 우저 물가에 이르니, 깊이를 모를 물속에서 이상한 음악소리가 들려왔다. 그가 물소 뿔에 불을 붙여 비추자 온갖 형상의 괴물들이 모습을 드러냈다. 열 사람이 손가락질하는 인사를 강행하면 나중에 물소 뿔에 붙인 불로 비춰보아야 할 일이 생긴다.

7구의 천군은 양심이다. 8구도 고사. 한나라 때 어사대御史臺 앞 나무에 까마귀가 모여들어 오대烏臺라 불렸다. 송나라 때에 시인이 바른말 하지 않는 어사를 두고 "까마귀가 입 다물고 소리가 없네"라고 조롱한 일이 있다. 임금에게 바른말로 아뢰어야 할 대간이 도리어 입을 굳게 닫아도, 지엄한 양심과 공정한 여론의 힘을 끝내 이겨낼 수는 없다는 의미로 썼다.

깊은 물속에서 괴물들이 날뛴다. 물소 뿔에 불을 붙여 물속 귀신의 온 갖 형상을 낱낱이 드러낼 사람은 누구인가? 시 한 수에 담긴 뜻이 깊다.

차납지변

달라는 겁니까?

―

借納之辨

충무공 이순신이 훈련원에 있을 때 몹시 아름다운 전통箭筒을 지니고 있었다. 이 말을 들은 서애 유성룡이 사람을 보내 빌려달라고 하자, 충무공이 거절하며 말했다. "이것은 빌리자는(借) 것입니까, 달라는(納) 것입니까?" 서애가 이 말을 전해듣고는 기이하게 여겨 비로소 발탁해 쓰려는 뜻이 서게 되었다. 윤기의 〈정상한화〉에 나오는 이야기다.

윤기는 이 일을 적고 나서 이렇게 덧붙였다.

지금의 시속으로 말한다면, 충무공은 반드시 활집을 바쳐서 친해지려 했을 테고, 서애는 틀림없이 유감을 품고 성을 내어 배척해 끊었을 것이다.

今俗言之, 忠武必欲納此而得親, 西厓必恨怒而斥絶矣.

윗사람과 친해질 절호의 기회를 박찬 이순신의 강직함과, 요놈 봐라 하면서 해코지를 하지 않은 유성룡의 도량을 함께 칭찬했다.

같은 이야기가 《충무공전서》에는 다르게 나온다. 정승 유전柳㙉이 활쏘기 시험을 살피다가 이순신의 좋은 활집을 보고는 탐이 나서 이를 자기에게 달라고 했다. 이순신이 말했다.

활집을 드리기는 어렵지 않습니다. 하지만 사람들이 대감께서 받은 것을 어찌 말하고, 소인이 바친 것을 또 어떻다고 하겠습니까? 활집 하나로 대감과 소인이 함께 욕된 이름을 받게 될 테니 몹시 미안한 일입니다.

箭筒則不難進納, 而人謂大監之受何如也, 小人之納, 又何如也? 以一箭筒, 而大監與小人, 俱受汚辱之名, 則深有未安.

유전이 "그대의 말이 옳다"고 하고는 깨끗이 수긍했다. 윤기가 활집 사건을 유성룡과의 사이에서 일어난 일로 본 것은 유전과 혼동한 것인지, 둘 다 눈독을 들였던 것인지 알 수 없다.

《충무공전서》에는 이런 얘기도 있다. 좌수사 성박成鎛이 본포本浦로 사람을 보내 객사 뜰 가운데 선 오동나무를 베어 거문고를 만들겠다고 했다. 이순신이 허락하지 않고 말했다. "이것은 관가의 물건이오. 여러 해 기른 것을 하루아침에 베다니 어찌 된 것이오?" 성박이 크게 노했지만

또한 감히 취해가지는 못했다. 이순신은 상관의 요구에 사리로 따져 거절
했다. 이것이 그에게 불이익을 주기도 하고, 주목을 받게도 했다. 하지만
그는 늘 정도와 원칙을 따랐다.

세구색반

보이지 않는 것까지 들춰내기

|

洗垢索瘢

박세채朴世采가 조카 박태초朴泰初에게 보낸 글의 일부다.

　예로부터 자기는 바르고 남은 그르다고 여기면서 만세의 공론을 이룬 적이 어찌 있었던가? 대개 저마다 자기와 같게 하려 하여 상대방은 잘못이라 하고 저만 옳다고 하니, 이 때문에 양측의 성냄과 비방이 산과 같다. 계교하기를 반드시 때를 벗겨내서라도 흉터를 찾으려고 하여, 함께 벌거벗고 목욕하는 지경에 이르니, 이 일이 어디까지 갈지 모르겠다.

　　自古安有自以爲正而指人爲邪, 因成萬世公論者耶? 蓋欲各使同已, 指彼爲

邪, 措己爲正, 以故兩邊怒謗如山. 計必洗垢索瘢, 以至同浴裸裎之域, 未知此
事稅駕於何地也.

글 속의 세구색반洗垢索瘢은 때를 벗겨내서라도 잘 보이지 않는 남의
흠결을 찾아내 시비한다는 의미다. 위징魏徵이 당 태종에게 올린 글에 나
온다. 그 말은 이렇다.

오늘날 형벌과 상을 내림이 다 바르지 못하다. 혹 호오好惡에 따라
펴거나 굽히고, 희로喜怒에 말미암아 경중輕重을 가른다. 마음에 드는
사람이면 법에 걸려 형벌을 받아도 불쌍타 하고, 마음에 안 들면 상
관도 없는 일에서 죄를 찾는다. 좋아하는 사람은 가죽을 뚫어 터럭을
꺼내 보이고, 미워하는 사람은 때를 씻어서라도 그 흠집을 찾아내려
든다.

今之刑賞, 未必盡然. 或申屈在乎好惡, 輕重由乎喜怒. 遇喜則矜其刑于法
中, 逢怒則求其罪于事外. 所好則鑽皮出其毛羽, 所惡則洗垢求其瘢痕.

백사白沙 이항복李恒福은 당시 사림의 분파주의와 상호 비방을 근심해
올린 차자箚子에서 이렇게 썼다. "지금은 오히려 치우친 분파만 고집해
서 도리로 구하지 않고 그저 이기려고만 든다. 장차 선배를 다 끌어와 때
를 씻어내서라도 흠결을 찾아, 아주 작아 보이지 않는 것까지 들춰내서
서로 다투어 공격한다(今乃猶執偏係, 不求諸道, 一向求勝, 盡將前輩, 洗垢索瘢, 抉摘微
隱, 爭相攻發)."

오도일吳道一도 형조참의를 사직하며 올린 상소에서, "터럭을 불어 흠

집을 찾고, 때를 씻어 흉터를 구해, 술자리에서 일어난 사소한 일까지 주워모아 덧대어 붙여서, 한 사람이 떠들면 열 사람이 화답한다(吹毛覓疵, 洗垢索瘢, 雖酒場微細之事, 捃摭增衍, 一唱十和)"고 적었다.

여러 사람이 같은 말을 했다. 세상이 나아지지 않는다는 증거다.

정말 하기 어려운 일

難者二事

유관현柳觀鉉(1692~1764)은 1759년 필선弼善의 직책으로 사도세자를 30여 일간 서연書筵에서 혼자 모셨던 인물이다.《주역》을 가르쳤다. 사도세자가 죽자 여섯 차례의 부름에도 벼슬에 나아가지 않았다. 벼슬에 있을 때는 흉년의 기민饑民 구제 등 볼만한 치적이 적지 않았다. 그가 세상을 뜨자 김낙행金樂行(1708~1766)이 제문을 지어 보냈다. 길어 다 읽지는 못하고, 내용 중 보통 사람이 하기 어려운 일 두 가지〔難者二事〕를 꼽은 대목만 간추려 읽는다.

또 가만히 논하려니, 어려운 것 두 가지라.

가난하다 부자 되면, 의리 좋아하는 이 드물다네.
심하게는 돈 아끼다, 아우 죽여 돌아오지.
들으니 공께서 젊었을 때, 푸성귀와 멥쌀로 허기 채워,
부지런히 힘을 써서, 살림이 갖춰졌다네.
(……)
궁한 선비 뜻 얻으면, 평소 모습 지키는 이 드물다네.
공이 한성판관이었을 때, 가난을 괘념찮았지.
벼슬길에 나가서도, 농가에 그대로 살았고,
역말이 문에 서도, 농사 노래 들렸었네.
산으로 갈 기약 두어, 보리 파종 시키셨고,
뽕과 삼을 말할 적엔, 시골 농부 앞다퉜지.
풍치가 초연하여, 경박한 이 경계로 삼을 만했네.
이것이 공의 우뚝한 점, 사람들은 잘 모르지.

又竊論之, 難者二事. 先貧後富, 人鮮好義.
甚或惜金, 以弟喪歸. 聞公少時, 蔬糲充飢.
勤其四體, 旣有旣完
(……)
窮士得意, 鮮守平素. 有尹京兆, 不念龐具.
方公仕宦, 依舊田家. 駟騎在門, 園有農歌.
還山之期, 指以播麥. 談桑說麻, 野老爭席.
風致超然, 可警浮薄. 是公之高, 人或不察.

이 제문에서 보통 사람이 하기 어려운 일로 꼽은 두 가지는 "먼저 가

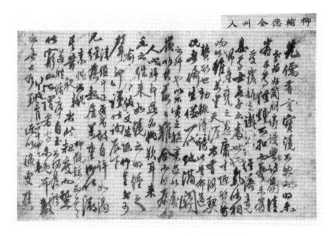

《집복헌필첩集福軒筆帖》에 실린 유관현의 편지

난하다가 나중에 부자가 되면, 의리를 좋아하는 이가 드물고(先貧後富, 人鮮
好義), 궁한 선비가 뜻을 얻으면, 평소 하던 대로 지키는 이가 드물다(窮上
得意, 鮮守平素)"는 것이다. 없다가 재물이 생기면 거들먹거리는 꼴을 봐줄
수가 없다. 낮은 신분에서 높은 지위에 오르게 되면 눈에 뵈는 것이 없어
못하는 짓이 없다. 결국은 이 때문에 얼마 못 가서 원래 자리로 돌아가고
만다. 사람이 한결같기가 참 쉽지 않다.

글 속에 돈을 아끼려다 동생을 죽여 돌아온다는 말은 고사가 있다. 전
국시대 월나라 도주공陶朱公의 아들이 사람을 죽였는데, 큰아들을 초나
라 장생莊生에게 보내 사면을 청탁했다. 장생이 금을 받고도 더 많은 재
물을 대가로 요구하자 화가 난 큰아들은 앞서 준 금을 되찾아 돌아갔다.
결국 그의 동생은 장생의 사주로 죽임을 당해, 큰아들은 아우의 시신을
끌고 돌아와야만 했다.

강한 약은 부작용이 있다

觀過知仁

1793년 4월 22일에 승지 심진현沈晉賢 등이 임금이 탕평蕩平의 취지로 반대당을 등용하자, 숨죽여 지내던 귀두남면鬼頭藍面의 해괴한 무리들이 한꺼번에 튀어나온다면서, 그들에게 내린 벼슬을 취소할 것을 건의했다. 정조는 큰 죄를 지은 자가 아니면 당파와 친소를 떠나 등용하겠다 하고, 건의를 올린 승지들을 도성 밖으로 쫓아내라는 뜻밖의 비답批答을 내렸다. 입으로는 소통을 말하면서 부싯돌이나 신기루처럼 잠깐 동안 반짝 사람의 눈이나 어지럽히는 것은 새로운 정치의 법식이 아니라고도 했다.

승정원이 술렁였다. 좌의정 김이소金履素가 처분을 거두어줄 것을 청했다. 왕이 다시 말했다.

모든 일은 지나치면 문제가 생긴다. 그래서 '지나친 것은 미치지 못하는 것이나 같다(過猶不及)'고 한다. 근래의 처분은 중도에 지나친 것이 아니고 어쩔 수 없어서일 뿐이다. 그래서 '허물을 보고서 어짊을 안다(觀過知仁)'고 말하는 것이다. 경이 만일 이 두 말로 미루어 본다면 나의 고심을 알 수 있을 것이다. 대체로 고질병에는 독한 약을 복용하지 않으면 효험을 기대하기 어렵다. 더구나 풍속을 통해 지금의 폐단을 구원하려면서 어떻게 대승기탕大承氣湯에 좌사佐使의 두 맛을 가미加味하지 않을 수 있겠는가? 승지를 내쫓은 것은 법령을 게시하는 뜻에 불과하다. 무어 지나치게 걱정하고 탄식할 것이 있겠는가?

凡事偏則爲疵, 故曰過猶不及. 然近日處分, 非過中, 特不獲已也. 故曰觀過知仁. 卿若執兩說而推究, 則可以知予苦心矣. 大抵痼癃, 非瞑眩, 難以責效. 況由今之俗, 救今之弊, 安得不用大承氣湯, 加入佐使二味乎? 承宣放逐, 不過懸法之意, 何庸過加憂歎?

허물을 보면 그 사람이 어진지 어질지 않은지 알 수 있다는 관과지인은 《논어》에 나오는 말이다. 지나침은 경계하겠지만, 그가 유용한 인재라면 작은 허물은 덮고 널리 뽑아 쓰겠다는 뜻을 말한 것이다. 대승기탕은 막힌 배변을 통하게 하는 성질이 강한 약재다. 배변이 막히면 보통의 약으로는 안 된다. 하지만 강한 약은 부작용이 있다. 좌사는 부작용을 덜고 치료를 돕는 보조 약재다. 다급하고 중한 병을 다스리려면 강한 처방과 함께 좌사의 약재가 필요하듯, 그가 설령 반대당이거나 약간의 결함이 있는 경우라도 등용하는 것이 맞다는 취지였다. 승지를 내쫓은 것은 자신의 굳은 의지를 상징적으로 보이려는 것일 뿐이니, 너무 염려 말라고 다독거렸다.

이름에 대한 집착

—

好名自標

두예杜預는 비석 두 개에 자신의 공훈을 적어 새겼다. 하나는 한수漢水 속에 가라앉히고 다른 하나는 만산萬山 위에 세웠다. 그러고는 말했다. "후세에 높은 언덕이 골짜기가 되고, 깊은 골짝이 언덕이 될 수도 있다."

백거이白居易가 자신의 시고詩稿를 모아 정리한 후 불상에 복장腹藏으로 넣게 했다. 여산의 동림사東林寺와 동도東都의 성선사聖善寺, 그리고 소주의 남선원南禪院에 각각 보냈다. 책마다 기문을 따로 적었다. 어느 하나가 망실돼도 다른 것은 남을 테니 일종의 보험을 들어둔 셈이었다.

명나라 사조제謝肇淛가 덧붙였다. "사람이 이름을 좋아함이 참 심하다. 두 사람의 공적과 문장이라면 어찌 후세에 전해지지 않을까 걱정하겠는가? 그런데도 오히려 스스로를 내세우기를 이처럼 한단 말인가?"그러니까 호명자표好名自標는 명예를 좋아해 남이 알아주지 않을까 봐 제 이름을 직접 드러내려 애쓴다는 말이다.《문해피사文海披沙》에 나온다.

청나라 옹방강翁方綱도 백거이의 일을 본떠 자신의《복초재집復初齋集》을 항주 영은사靈隱寺에 보관케 하고, 다시 한 부를 추사 김정희 편에 초상화와 함께 해남 대둔사大芚寺(지금의 대흥사)로 보내 보관케 했다. 설령 중국에서 천재지변을 만나 책이 다 사라져도 조선의 남쪽 끝에는 남아 있을 것이란 희망을 담았다.

추사는 그 책을 대둔사로 보내면서 해동의 영은사란 뜻으로 '소영은小靈隱'이란 세 글자를 편액으로 써서 함께 선물했다. 다산이 그 소식을 듣고 아름답게 여겨 양근楊根 소설산小雪山에 남은 태고太古 보우普愚가 머물던 절터에 암자를 세워 그 책을 옮겨와 중노릇을 하면 어떻겠느냐고 제자 초의를 꼬드겼을 정도다.

위 세 사람은 세상이 기릴 만한 큰 자취를 남겼으니 없는 것을 만들어 표방한 것은 아니다. 도처에 나붙기 시작한 국회의원 후보자들의 현수막을 보니 저마다 제 이름을 걸고 나밖에 없다고 자랑이 한창이다. 진짜와 가짜를 어떻게 가려낼까? 그게 문제다.

미리 보고 멀리 보자

|

先期遠布

1594년 유성룡이 〈전수기의십조戰守機宜十條〉를 올렸다. 적군을 막아 지키는 방책을 열 가지로 논한 글이다. 그는 이 글에서 척후斥候와 요망 瞭望의 효율적 운용을 첫 번째로 꼽았다. 적병의 동향을 미리 파악해 선제적 준비를 갖추려면 선기先期와 원포遠布가 가장 중요하다고 했다. 적어도 전투 5일 전에 멀리 적진 200리 지점까지 척후를 보내 적의 동정을 파악하는 것이 그 핵심이다. 군대에 이것이 없으면 소경이 눈먼 말을 타고 밤중에 깊은 연못에 임하는 것과 같다고 썼다.

임진왜란 당시 순변사 이일李鎰이 상주를 지켰다. 적병이 코앞에 왔는데도 까맣게 몰랐다. 접전 하루 전 개령현開寧縣 사람이 적이 코앞에 와 있다고 알렸다. 군대를 동요시킨다며 이일이 그의 목을 베게 했다. 그가 부르짖었다. "내일 아침까지 적이 안 오면 그때 내 목을 베시오." 이일은 들은 체도 않았다. 그의 군대는 이튿날 궤멸당했다.

신립申砬이 1592년 4월 26일 충주에 도착했을 때 적은 이미 조령을 넘은 상태였다. 군관 한 사람이 상황을 보고하자, 신립은 군사를 미혹케 한다며 그의 목을 베어 조리돌렸다. 28일에도 그는 적병이 상주를 아직 떠나지 않았다고 보고했다. 왜적은 6~7리 밖에 이미 가득 차 있던 상태였다. 바로 그날 탄금대 전투에서 군대가 전멸당했다.

장수들은 큰소리만 뻥뻥 치며 무턱대고 움직이다가 갑작스레 적과 마주치면 놀라 두려워 도망치기 바빠 싸워보지도 못하고 졌다. 기일에 앞서 먼 곳까지 척후를 놓아 적의 동태를 손금 보듯 파악해 복병을 펼쳐두고 기다려도 이길까 말까 한데, 미리 알려줘도 동요를 막는다며 알려준 사람의 목을 베고 큰소리만 치다가 속절없이 무너졌다.

유성룡은 이런 일이 똑같이 되풀이될까 봐 아홉 조목을 더해 〈전수기의십조〉를 올렸고, 다산은 훗날 《아방비어고我邦備禦考》를 엮으면서 이 글을 앞에 넣었다. 유성룡이 말했다. "앞 수레가 부서진 줄 알면서도 바퀴를 고칠 줄 모른다면 진실로 뒤집어지고 부서지는 길이다(夫知前車之旣敗, 而尙不知改轍, 則是固覆敗之道也)." 닥쳐서 허둥대면 늦는다. 미리 보고 멀리 봐야 한다.

간사한 이와 어진 이를 감별하는 법

|

激濁揚淸

사헌부司憲府는 시정時政을 논의하고, 백관百官을 규찰하며, 기강과 풍
속을 바로잡고, 백성의 억울한 일을 처리하는 일을 맡아보던 관청이다.
서거정徐居正이 〈사헌부제명기司憲府題名記〉에서 감찰어사의 직분을 이렇
게 썼다.

임금이 잘못하면 용린龍麟조차 비판하고, 우레와 번개와도 맞겨룬
다. 부월斧鉞을 딛고 서는 것도 마다하지 않는다. 장상將相과 대신이
허물이 있으면 이를 바로잡았고, 종친이나 신분 높은 가까운 신하가
교만하거나 함부로 굴면 탄핵하여 이를 쳤다. 소인이 조정에 있으면

반드시 제거하려 했고, 탐욕스러운 관원이 관직에 있으면 기필코 이를 물리치려 하였다. 곧은 이를 천거하고 그릇된 이를 몰아내며, 탁한 이를 내치고 맑은 이를 드높였다.

君有過擧, 批龍鱗, 抗雷霆. 蹈斧鉞而不辭. 將相大臣有愆違, 得以繩糾之, 宗戚貴近有驕悍, 得以彈擊之. 小人在朝, 必欲去之, 貪墨在官, 必欲屛之. 擧直錯枉, 激濁揚淸.

곧은 이를 천거하고 탐욕스러운 자는 몰아내는 거직조왕擧直錯枉과, 탁한 이를 내치고 맑은 이를 드높이는 격탁양청激濁揚淸이 사헌부의 핵심 역할이다. 신흠은 김계휘金繼輝가 사헌부의 수장인 대사헌이 되었을 때, "만약 크게 격탁양청하지 않는다면 무엇으로 해묵은 폐단을 제거할 수 있겠는가[若不大加激揚, 其何以祛宿弊]"라며 수십 인을 탄핵하자 원망하고 미워하는 자가 많았다고 썼다.

율곡栗谷 이이李珥(1536~1584)는 〈동호문답東湖問答〉에서 임금이 신하를 쓸 때 간사한 자를 구별하고 어진 이를 등용하는 변간용현辨姦用賢의 요령을 말하면서, 소인의 행태를 이렇게 적었다.

선을 좋아하고 악을 미워하여 격탁양청하면 저와 다른 사람을 배척하는 것이라고 지목하고, 바름을 지켜 굽히지 않아 공도公道를 붙들려 하면 나라 권력을 제멋대로 휘두른다고 지목한다.

好善嫉惡, 激濁揚淸, 則目之以排斥異己焉. 守正不撓, 欲扶公道, 則目之以專制國柄焉.

바른 임금이 올곧은 신하를 적임의 자리에 앉히면 격탁양청은 저절로 된다. 문제는 소인이 군자를 칠 때도 꼭 격탁양청을 명분으로 내건다는 점이다. 하지만 이 구분은 백성이 가장 먼저 안다.

견면취예

목민관의 바른 자세

—

蠲免驟譽

1797년 연암 박지원이 면천군수로 내려갔다. 세 해 뒤 임기를 마치고 올라와 재임 시의 메모를 정리해《면양잡록沔陽雜錄》으로 묶었다. 그중 단연 눈길을 끄는 것은《칠사고七事考》다.《목민심서》의 원조격 저술로, 고을 수령이 힘써야 할 일곱 가지 일에 대한 지침을 정리했다.

7사는《경국대전》〈이전吏典〉조에 실려 있다. 농상성農桑盛, 호구증戶口增, 학교흥學校興, 군정수軍政修, 부역균賦役均, 사송간詞訟簡, 간활식奸猾息의 일곱 가지다. 농상을 진흥하고, 호구를 증가시키며, 학교를 일으키고, 군정을 정비한다. 부역을 공평하게 집행하고, 송사를 간소하게 하며, 간악한 자를 종식시키는 일이 그것이다. 연암은 이를 다시 29개의 항목으로 나눠 항목마다 여러 사례를 배치했다.

짧은 몇 항목만 간추려 읽는다.

오직 분노가 가장 통제하기 어렵다. 일에 임해 성을 내면 마음이 흔들리고 식견이 어두워져, 일처리가 마땅함을 잃고 만다. 관직에 있는 자는 갑작스러운 분노를 가장 경계해야 한다.

惟怒最難制. 臨事而怒, 則心動而識昏, 處事乖當. 居官者, 宜先以暴怒爲戒.

관직에 있는 자가 만약 고요함과 담박함에 마음을 두지 않으면 반드시 마땅히 해서는 안 될 일을 하게 된다.

居官者, 若不以恬靜苦淡爲心, 則必有所不當爲之事.

처음 정사할 때 세금을 면제해주면 비록 갑작스러운 칭찬이야 얻겠지만 실제로 이는 계속 이어가기 어려운 방법이다.

初政蠲免, 雖得驟譽, 實是難繼之道.

백성을 다스림에는 다른 방법이 없다. 단지 도리에 어긋나게 백성의 칭찬을 구하지 말고, 백성을 어기면서 제 욕심을 따르지 않으면 된다.

臨民, 無他術. 只是罔違道以干百姓之譽, 罔咈百姓以從己之欲.

세 번째 글의 견면취예蠲免驟譽는 칭찬을 바라고 선심을 쓰는 것을 말한다. 이렇게 얻은 민심은 오래갈 수가 없다. 도리에 어긋나도 칭찬만 받으면 된다는 생각을 버려라. 백성의 뜻을 어기면서 제 욕심을 채우려 들

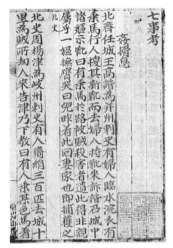

연암 박지원, 《칠사고》의 표지와 본문, 단국대학교 도서관 소장

면 바로 망한다. 분노를 경계하고 고요함과 담박함을 깃들여라.

다스림을 바로 세우려면

—

治已亂易

신흠의 〈치란편治亂篇〉은 이렇게 시작한다.

장차 어지러워지려는 것을 다스리기는 어렵고, 이미 어지러워진
것을 다스리기는 쉽다(治將亂難, 治已亂易). 장차 어지러워지려 하면 위는
제멋대로 교만하여 경계할 줄 모르고, 아래는 아첨하여 붙좇느라 바로
잡을 줄 모른다. 비록 성인의 지혜를 지녔어도 감히 그 무너짐을 막지
못하고, 비록 뛰어난 사람이 있어도 산골 물을 막을 수 없다. 일에 앞
서 말하면 요망한 얘기라 하고, 일에 닥쳐 얘기하면 헐뜯는 말이라 한
다. 임금이 총애하는 신하에 대해 논하면 속여 기망한다고 배척하고,

감추고 싶은 것을 말하면 강직하다는 명성을 사려 한다며 밀쳐낸다.

治將亂難, 治已亂易. 將亂者, 上恣肆而不知戒也. 下阿縱而不知匡也. 漫漫乎其流也, 靡靡乎其趨也. 雖有聖智, 莫敢防其頹也, 雖有英俊, 莫敢塞其隙也. 先事而言, 則以爲妖言, 當事而言, 則以爲謗言. 論其變倖, 則以爲誣罔而斥之, 論其隱慝, 則以爲沽直而排之.

그 결과는 이렇다.

가까이 친숙한 자에게 귀가 가려지고, 아첨하는 자에게 눈꺼풀이 씌어져서, 대궐의 섬돌 밖이 천리보다 멀고, 법도는 해이해지며, 벼슬아치는 손발이 안 맞아 나날이 지극히 어지러운 지경으로 빠져든다.

耳蔽於近暬, 目蔽於諂佞, 陛級之外, 遠於千里矣, 典常弛易, 官方齟差, 日墊於極亂之域.

우리가 이제껏 보아온 그대로다. 그럼 이미 어지러워진 뒤에는 어떻게 되나?

관청이 피폐해 잔달아지면 아전이 힘들고, 부역이 많아 괴로우면 백성이 탄식한다. 재물이 고갈되어 쪼들리자 도적이 일어나고, 정치가 어긋나 포학해지니 공경과 사대부가 원망한다.

官弊而腥則吏胥苦, 役煩而虐則黎元咨. 財竭而窶則盜賊興, 政舛而暴則卿士怨.

이렇게 되면 원근이 모두 다스려지기를 바라는 마음이 간절해진다. 신흠이 이미 어지러워진 것을 다스리기가 오히려 쉽다고 말한 까닭이 바로 여기에 있다.

그가 다시 말한다.

국가는 큰 그릇이다. 다스림은 하루아침에 이뤄지지 않고, 어지러움도 하루아침에 생기지 않는다. 선이 쌓이고 나서 다스려지고, 악이 쌓인 뒤에 어지러워진다. 다스려짐과 어지러워짐은 모두 쌓인 뒤에 나타나는 것이다. 이 때문에 그 조짐은 아침저녁 사이에 달려 있지만, 그 징험은 여러 해 뒤에 드러난다. 그 싹은 미미하지만 나중에는 온 세상을 뒤덮고 만다.

夫國家大器也. 其治非一日之成, 其亂亦非一日之作. 善積而後治, 惡積而後亂. 治也亂也, 皆積而後發者也. 故其朕兆於朝夕, 而其徵驗於數世. 其萌糵於錙銖, 而其末彌乎宇內.

그렇다면 어떻게 해야 하나? 신흠은 다시 다섯 가지 방법을 들었다.

다스리는 법은 다섯 가지이니 이를 함에 갑작스러움을 경계하고, 고침에 믿음성이 있어야 한다. 조정할 때는 방향이 있게 하고, 위엄을 보일 때는 두려워하게 해야 하며, 가라앉힐 때는 안심시켜 안정케 해야 한다. 위는 제멋대로 하지 않고, 아래는 함부로 하지 않는다. 이렇게 하면 다스림이 세워진다.

治法有五, 爲之戒遽也, 革之以孚也. 調之使祈嚮也, 威之使慴戢也, 謐之使綏定也. 上不病其擅也, 下不媚其專也. 如是則治立矣.

　'제멋대로'와 '함부로'를 삼가야 질서가 잡힌다. 다시 어려워지는 일이 없도록 쉬운 데서 경계하고 살피는 것이 맞다.

관대함으로 품어 보복하지 않는다

南方之强

스물네 살 나던 늦가을 이덕무가 과거시험 공부에 얽매여 경전 읽기를 게을리한 것을 반성하면서 《중용》을 펼쳤다. 9월 9일부터 시작해 11월 1일까지 날마다 《관독일기觀讀日記》를 썼다. 그날 읽은 《중용》의 해당 부분과 읽은 횟수, 그리고 소감을 적어나갔다.

9월 23일자 《관독일기》에서 그는 독서를 약藥에 비유했다.

중용이란 것은 원기가 충실하고 혈맥이 잘 통해, 손발이 잘 움직이고 귀와 눈이 총명해서 애초에 아무런 통증이 없는 종류다. (……) 중용을 잘하지 못하는 자는 처음에는 성대하고 씩씩하지 않음이 없으나 지니고 있던 병의 뿌리가 점차 번성하여 온갖 질병이 얽혀드니 만약 때에 맞게 조치하지 않는다면 마침내 죽음의 지경에 이르고 만다.

中庸者, 元氣充實, 脈臊暢順, 手足耳目, 便利聰明, 元無些兒痛癢之類也. (……) 其不中庸者, 初非不盛壯, 伊來病源漸滋, 百種纏嬰, 若不適時調治, 終至死界矣.

이 글은 제자 자로子路가 공자에게 굳셈에 대해 묻는《중용》의 한 대목을 읽고 썼다. 자로가 묻는다. "선생님! 진정한 강함은 어떤 것입니까?" 공자가 대답한다.

　남방의 강함을 말하느냐? 북방의 강함을 말하는 것이냐? 아니면 너의 강함을 말하느냐? 관대함과 온유함으로 가르치고, 무도한 자에게 보복하지 않는 것이 남방의 강함이다. 군자는 이렇게 한다. 창칼과 갑옷을 두른 채 죽어도 그만두지 않는 것은 북방의 강함이다. 강한자가 이렇게 한다.

南方之强與? 北方之强與? 抑而强與? 寬柔以教, 不報無道, 南方之强也, 君子居之. 袵金革, 死而不厭, 北方之强也, 而强者居之.

진정한 강함은 관대함과 온유함으로 보복하지 않는 남방의 강함에 있다는 말이다. 이를 이어 공자는 군자의 강함이 품은 네 가지 덕을 말했다. 먼저 '화이불류和而不流'와 '중립불의中立不倚'다. 화합하여 품되 한통속이 되지 않는다. 중간에 우뚝 서서 어느 한쪽만 편들지 않는다. 다시두 가지가 더 있다. 나라에 법도가 있으면 빈천할 때의 지조를 변하지 않고〔國有道不變塞〕, 나라에 법도가 없어도 죽을지언정 뜻을 바꾸지 않는다〔國無道至死不變〕. 이것이 공자가 생각한 진정한 강함이다.

이덕무는 그해 연말에 쓴 〈갑신제석기甲申除夕記〉에서 자신이 《관독일기》를 쓰게 된 계기가 바로 《중용》의 이 구절을 읽었기 때문이었다고 적었다.

위정자가 정말 두려워해야 할 일

唯民可畏

당나라 명종明宗 때 강징康澄이 시사時事로 상소하여 말했다.

나라를 다스리는 사람이 두려워할 필요가 없는 일이 다섯 가지요, 깊이 두려워할 만한 일이 여섯 가지입니다. 해와 달과 별의 운행이 질서를 잃고, 천상天象에 변화가 생기며, 소인이 유언비어를 퍼뜨리고, 산이 무너지고 하천이 마르며, 홍수와 가뭄이나 병충해 같은 다섯 가지의 일은 두려워할 만한 것이 못 됩니다. 어진 선비가 몸을 감추어 숨고, 사방 백성이 생업을 옮기며, 염치가 무너지고 도리가 사라지고, 상하가 서로 사적인 이익만 따르며, 비방과 칭찬이 진실을 어지럽히고, 바른말을 해도 듣지 않는 여섯 가지의 일만은 깊이 두려워할 만합니다.

爲國家者, 有不足懼者五, 深可畏者六. 三辰失行, 不足懼. 天象變見, 不足懼. 小人訛言, 不足懼. 山崩川渴, 不足懼. 水旱蟲蝗, 不足懼. 賢士藏匿, 深可畏. 四民遷業, 深可畏. 廉恥道喪, 深可畏. 上下相徇, 深可畏. 毁譽亂眞, 深可畏. 直言不聞, 深可畏.

두려운 것은 천재지변이나 기상재해가 아니다. 뜻 높은 지식인이 세상을 등지고, 백성들이 생업을 잃고서 유리걸식하며, 염치와 도덕이 무너져 못하는 짓이 없고, 위에서 이익에 눈이 멀자 아래에서 덩달아 설쳐대며, 소인을 군자라고 천거하고 군자를 소인이라 내치게 만드는 상황, 보다 못해 직언을 해도 들은 체도 하지 않는 것이야말로 정말 두려운 일이다. 소인의 와언訛言쯤은 두려워할 것이 못 된다. 하지만 여기에 임금의 독선과 무능이 얹히면 나라를 말아먹고 만다.

허균許筠(1569~1618)이 〈호민론豪民論〉에서 말했다. "천하에 두려워할 만한 것은 오직 백성뿐이다. 백성을 두려워할 만함이 물이나 불, 범이나 표범보다 더하건만, 윗자리에 있는 자는 함부로 눌러 길들여서 포학하게 부려먹으려고만 드니 어찌 된 셈인가(天下之所可畏者, 唯民而已. 民之可畏, 甚於水火虎豹, 上者方且狎馴而虐使之, 抑獨何哉)." 또 "하늘이 그를 임금으로 세운 것은 백성을 기르기 위함이지, 한 사람이 위에서 제멋대로 눈을 부라리며 계곡을 메울 만한 욕심을 채우라고 한 것이 아니다. 저 진나라와 한나라 이래의 재앙은 당연한 것이지 불행이 아니다(夫天之立司牧, 爲養民也, 非欲使一人恣睢於上, 以逞溪壑之慾矣. 彼秦漢以下之禍, 宜矣, 非不幸也)"라고 썼다. 여섯 가지 두려워할 만한 일이 겹치면 백성이 일어난다.

남을 함정에 빠뜨리는 말

|

冤屈壅閼

성종 때 총애하는 내시가 근친觀親하러 고향집에 갔다. 지나는 고을마다 수령들이 그에게 후하게 대접하며 아첨했다. 고향 고을의 사또는 환관의 왕래에 사사로이 친교를 맺을 수 없다며 의례적 문안에 그쳤다. 환관이 앙심을 품고, 임금에게 그가 특별히 훌륭한 대접을 해주더라고 거짓으로 고했다. 임금이 그를 비루하게 여겨 이후 그의 벼슬길이 꽉 막혔다. 어느 날 경연 자리에서 임금이 그 수령이 내관에게 아첨한 일을 예로 들며 신하를 경계했다. 대신이 물러나 실상을 탐지해 사실대로 아뢰자 임금이 당장 내관의 목을 베게 했다. 윤기의 〈정상한화〉에 나온다.

　내시는 충직한 신하를 사실과 정반대의 말로 참소해 해코지를 했다.

임금은 밝은 거울처럼 헤아려 간특함을 바로잡았다. 윤기가 덧붙였다.

아! 성대하다. 이러한 때를 당하여 참소하는 간특함이 어떻게 먹혀들고, 사특한 좁은 길이 어떻게 열리겠는가. 바른 선비가 어찌 원통하게 꺾임〔寃屈〕을 탄식하고, 공론이 어찌 꽉 막힘〔壅閼〕을 근심하겠는가.

猗歟盛哉! 當此之時, 譖慝何由而售, 邪逕何由而開. 正士何歎於寃屈, 而公論何患於壅閼乎.

그의 말이 계속 이어진다.

후세의 임금은 그렇지가 못해 겉으로는 거리낌 없이 말하라고 하고는 꺼리는 것에 저촉되면 성을 버럭 낸다. 밖으로는 받아들이는 체하면서 조금 뜸을 들였다가 내친다. 심하게는 사당私黨으로 의심해 지목하여 간을 떠본다. 크게는 죽이거나 내쫓고, 작게는 물리쳐서 벼슬에서 몰아낸다. 그러니 누군들 즐겨 뜻밖에 가루처럼 부서지는 곳에 몸을 두며, 깊은 못에 잠긴 여룡驪龍의 턱에다 제 몸을 가벼이 던지려 하겠는가.

後世則不然, 外使不諱, 而觸諱則怒之. 陽示嘉納, 而迹疏則棄之, 甚則疑其黨私, 指爲嘗試. 大則誅戮竄逐, 小則擯斥廢錮. 孰肯置糜粉於度外, 而輕其身於九重之淵驪龍之頷哉.

그 밑의 신하들은 어떤가?

한차례 당론이 갈라지자 세상에 공의公議가 없고 사람들은 저마다 속셈을 지녀, 이욕만 생각하고 의리는 모른다. 친소親疎에 따라 호오好惡를 갈라 피차간에 좋아하고 미워한다. 권귀權貴에게 아첨하려고 그 향배에 따라 부추기거나 억눌러, 기꺼이 사냥매나 사냥개가 된다. 저와 한 무리를 두호하려 멋대로 무함하여 꾸며 공을 세운 듯이 굴며, 교묘하게 귀신이나 도깨비짓을 해댄다. 혹 남몰래 사주를 받아놓고, 겉으로는 나쁜 사람을 공격한다는 명분을 빌리기도 한다.

一自黨論岐貳之後, 世無公議, 人有肺腸, 只懷利慾, 不識義理. 以親疎爲好惡, 以彼此爲愛憎. 欲媚于貴勢, 則隨其向背, 以爲扶抑而甘作鷹犬. 欲護其黨與, 則恣其誣飾, 以爲樹立而巧肆鬼蜮. 或陰受嗾唆, 而陽借搏擊之名.

나는 세상이 발전한다는 말을 믿지 않는다.

용형삼등

법 집행의 세 단계

|

用刑三等

1814년 3월 4일 문산文山 이재의李載毅가 강진 귤동으로 다산을 찾아왔다. 다산초당은 이때 이미 인근에 아름다운 정원으로 소문이 나 있었다. 당시 그는 영암군수로 내려온 아들의 임지에 머물다가 봄을 맞아 바람도 쐴 겸 해서 유람을 나섰던 길이었다. 고작 스물네 살에 고을 수령이 된 아들이 못미더웠던 이재의는 다산에게 아들이 지방관으로 지녀야 할 마음가짐에 대해 몇 마디 적어줄 것을 부탁했다. 이에 다산은 〈영암군수 이종영을 위해 써준 증언(爲靈巖郡守李鍾英贈言)〉 7항목을 써주었다.

이 가운데 고을 관리가 법 집행에 있어 염두에 두어야 할 단계를 논한 내용이 있어 소개한다. 글은 이렇다.

관직에 있으면서 형벌을 쓰는 데는 마땅히 세 등급이 있다. 무릇 민사民事에는 상형上刑을 쓰고, 공사公事에는 중형中刑을 쓰며, 관사官事에는 하형下刑을 쓴다. 사사私事는 무형無刑, 즉 형벌을 주면 안 된다.

居官用刑, 宜有三等. 凡民事用上刑, 凡公事用中刑, 凡官事用下刑. 私事無刑可也.

민사는 공무원이 백성을 등치거나 포학하게 굴어 이익을 구한 경우다. 가차없이 엄하게 처리한다. 공사는 공무 수행상 실수를 범하거나 소홀히 한 경우다. 직분 태만의 벌이 없을 수 없다. 관사는 관장의 수행 인력이 보좌를 제대로 못한 상황이다. 직무 소홀의 견책이 없을 수 없지만 징계 수준은 가볍다. 사사는 사사로운 영역에서 발생하는 문제다. 이때는 형벌을 쓸 수 없다. 화가 나도 참아야 한다.

민사상형民事上刑, 공사중형公事中刑, 관사하형官事下刑, 사사무형私事無刑의 네 가지 단계가 있다. 못난 인간들은 꼭 반대로 한다. 비서진을 제 몸종 부리듯 하고, 집안일과 공적인 일을 분간하지 못한다. 나랏일 그르치고 백성 등쳐먹는 일에는 눈감아주다 못해 같이 나눠먹자며 추파를 던질망정, 체모에 손상이 오거나 챙길 수 있는 이익을 놓치는 것은 절대로 못 참는다. 여기에 무슨 위엄이 서며, 말을 한들 어떤 신뢰가 실리겠는가? 앞에서 '예예' 하고는 돌아서서 '에이, 도둑놈!' 한다.

코 묻은 떡

|

群兒爭餠

유몽인柳夢寅(1559~1623)은 성품이 각지고 앙칼졌다. 불의를 참지 못했다. 광해의 폐정이 막바지로 치닫던 1621년 월사月沙 이정귀李廷龜(1564~1635)가 마침 자리가 빈 태학사 자리에 유몽인을 추천했다. 이 말을 전해들은 유몽인이 즉각 월사에게 편지를 썼다.

지난해 기근이 들었을 때 아이들이 떡을 두고 다투기에 가서 살펴보니 콧물이 미끌거립니다. 몽인은 강호에 살면서 한가하여 아무 일이 없습니다. 지난해에는 《춘추좌씨전》을 읽고, 올해는 두보의 시를 외우고 있습니다. 이는 참으로 노년의 벗이라 하겠습니다. 이것으로 여생을 보내기에 충분합니다. 아이들과 콧물 묻은 떡을 다투는 일 같은 것은 원하는 바가 아니올시다.

去歲年饑, 群兒爭餠, 而歸察之, 鼻液糊矣. 夢寅處江湖, 閑無事. 前年讀左氏, 今年誦杜詩, 此眞臨年者伴也, 以此餞餘生足矣. 如與群兒爭鼻液之餠, 非所願也.

얼마 후 그는 아예 금강산으로 들어가버려 자신의 말이 그저 해본 소리가 아님을 행동으로 보여주었다. 금강산에 들어가 지은 시에 〈늙은 과부의 탄식[嫠婦歎]〉이 있다.

일흔 살 늙은 과부
홀로 살며 빈방 지켜.
여사女史의 시 익히 읽고
임사妊姒 훈계 잘 안다네.
이웃이 개가 권하며
신랑 얼굴 잘났다고.
흰머리로 단장하면
연지분에 부끄럽지.

七十老嫠婦　單居守空壺
慣讀女史詩　頗知妊姒訓
傍人勸之嫁　善男顔如槿
白首作春容　寧不愧脂粉

시 속의 임사는 문왕과 무왕의 어머니이니 덕 높은 부인의 의미다. 다 늙어 개가해 팔자 고쳐보겠다고 연지분을 바르면서도 부끄러운 줄을 모른다면 그 꼴이 가증스럽지 않겠느냔 얘기다.

가토 슈이치의 자서전 《양의 노래》(글항아리)에 이런 대목이 나온다. "정치를 가까이해서는 안 된다. 정치에서는 참된 뜻이 배반당하고, 이상주의가 이용당하며, 아무 도움이 되지 않는다면 어제의 충성이 오늘의 모반이 되고 만다." 선거철이 다가오니 별 해괴한 일들이 많아지겠다. 저마다 흰 머리에 연지분을 바르며 출사표를 던지지만 그가 노리는 것이 고작 코 묻은 떡에 지나지 않으니 딱하고 슬프다.

골경지신

생선가시 같은 신하

—

骨鯁之臣

성종 8년(1477) 8월에 간관諫官 김언신金彦辛이 재상 현석규玄碩圭를 탄핵하며 소인 노기盧杞와 왕안석王安石에 견주었다. 임금이 펄펄 뛰며 묻자 대신들은 현석규가 소인인 줄 모르겠다고 대답했다. 의금부에서 김언신에게 장杖 100대를 친 후 섬에 3년간 귀양 보낼 것을 청했다. 임금은 사형에 처해도 시원찮은데 처벌이 너무 가볍다며 화를 냈다.

동지중추부사 김뉴金紐가 상소했다.

대간은 임금의 눈과 귀입니다. 말이 임금에 미치면 지존이 자세를 가다듬고, 일이 조정과 관계되면 재상이 대죄합니다. 이제 석규가 군자라 하고 소인이라 한 것에 대해서는 신이 잘 알지 못하오나, 가령 석규가 군자인데 언신이 소인으로 지목했다면 또한 잘못 알아 그릇 고집한 것에 지나지 않습니다. 하물며 석규는 차례를 건너뛰어 발탁되어 지위가 육경의 반열이니 높은 대신이라 할 만합니다. 돌아보건대 언신은 신분이 낮은 자인데 속마음을 드러내어 감히 임금 앞에서 간쟁하였으니 말이 이치에 어긋나 맞지 않더라도 옛날 골경지신의 기풍이 있습니다. 실로 포상하고 장려하여 선비들을 권면해야 할 것인데 도리어 죄를 주시니 신은 이 때문에 대간이 해체될까 염려됩니다.

臺諫人主之耳目也. 言及乘輿, 至尊改容, 事關廊廟, 宰相待罪. 今碩圭之爲君子爲小人, 臣未之知, 假使碩圭君子也, 而彦辛指爲小人, 亦不過錯料誤執耳. 況碩圭不次超擢, 位列六卿, 可謂森大臣. 顧彦辛微者, 披肝露膽, 敢爭於雷霆之下, 言雖不中, 有古骨鯁之風. 誠宜襃獎, 以勸士類, 而反抵於罪, 臣恐有此, 臺諫解體也.

임금은 화를 내며 김언신을 직접 문초했다. 잘못을 알겠느냐고 묻자, 김언신은 죽음은 두렵지 않고 잘못 논한 줄도 모르겠다고 대답했다. 임금이 더욱 성이 났다. "내가 그를 썼는데 그를 소인이라 하니 너는 나를 당唐 덕종德宗이나 송宋 신종神宗에 견주려는 것이냐?" 김언신이 대답했다. "현석규는 노기와 왕안석의 간사함을 겸했는데 그를 쓰셨으니 신은 전하께서 두 군주보다 심하다고 생각합니다."

한동안 말이 없던 임금이 하교했다. "죽음을 눈앞에 놓고도 말을 바꾸지 않는 것은 신信이다. 내가 어찌 간신諫臣을 죽인 걸주桀紂를 본받겠는

가." 즉시 차꼬를 풀어주게 하고 술을 먹여 직무를 보게 했다.《국조보감
國朝寶鑑》에 나온다.

골경骨鯁은 짐승의 뼈나 생선의 가시다. 억세서 목에 걸리면 잘 넘어가
지 않는다. 김뉴의 상소 중의 골경지신이란 말은 듣기 거북한 직간直諫을
서슴지 않는 신하를 가리키는 말이다. 다산은 〈제진평세가서정 題陳平世家
書頂〉에서 "나라에 골경지신이 없으면 그 나라는 마치 부드럽고 연한 살
코기와 같다. 이것이 바로 진秦나라가 육국六國을 모두 삼킬 수 있었던 까
닭이다〔國無骨鯁之臣, 其國如倫膚焉, 如柔肉焉. 此秦之所以竝吞六國也〕"라고 했다.

지도노마

늙은 말의 지혜

—

知途老馬

제나라 관중管仲과 습붕隰朋이 환공桓公을 모시고 고죽성孤竹城 정벌에 나섰다. 봄에 출정해서 겨울이 되어서야 돌아올 수 있었다. 회정 도중 멀고 낯선 길에 군대가 방향을 잃고 헤맸다. 관중이 말했다. "늙은 말을 풀어놓고 그 뒤를 따라가라." 늙은 말이 앞장서자 그를 따라 잃었던 길을 되찾을 수 있었다.

다시 산속을 가는데 온 군대가 갈증이 심했다. 아무리 둘러봐도 물을 구할 수가 없었다. 이번엔 습붕이 말했다. "개미는 겨울에는 산 남쪽에 살고, 여름에는 산 북쪽에 산다. 개미 흙이 한 치쯤 쌓인 곳에 틀림없이 물이 있다." 그곳을 찾아 땅을 파자 과연 물이 나와 갈증을 식힐 수 있었다.《한비자》〈설림〉편에 나온다.

늙은 말은 힘이 부쳐서 아무 쓸모가 없는 줄 알았다. 그런데 군대가 길을 잃어 헤맬 때 앞장서서 길을 열었다. 사실 늙은 말이야 저 살길을 찾아 달려간 것뿐이다. 그 길이 살길인 줄을 알았던 관중의 슬기가 아니었다면 전쟁에 이기고도 큰 곤경에 처할 뻔했다. 개미의 습성을 눈여겨보아 군대를 갈증에서 건진 습붕의 지혜도 귀하다.

선거철이 다가올 때마다 정치권의 풍경이 소란스럽다. 곁에서 보기에 민망하고 딱하다. TV에 비치는 표정부터 하나같이 살기가 가득하다. 전투력이 떨어진다고 늙은 말은 죄 버리고, 전투력이 있어도 제 편이 아니면 떨군다. 칼자루 쥔 자는 당해봐라의 서슬로 날이 새파랗고, 당하는 자는 두고보자의 결기로 눈에 핏발이 섰다. 한쪽에선 제 발로 나와놓고 합치려 하지 않는다고 다툰다. 편 가르기가 중한지라 최소한의 당론도 원칙도, 심지어 위아래도 없다. 그러면서도 항상 국민의 뜻을 버릇처럼 되뇌는 것은 똑같다.

관중의 지혜와 습붕의 슬기가 제 환공의 패업을 든든히 뒷받침했다. 그런 경륜은 없이 제 무리의 이익만을 따져 토사구팽兎死狗烹, 감탄고토甘呑苦吐의 속셈을 구밀복검口蜜腹劍의 교언영색巧言令色으로 꾸미려 드니 패업은 어디서 이룬단 말인가? 잃은 길을 찾아줄 늙은 말의 지혜가 아쉽다. 묵직한 경륜의 목소리가 듣고 싶다.

작각서아

참새 뿔과 쥐 어금니

|

雀角鼠牙

《시경》〈소남召南〉 편의 〈행로行露〉는 송사訟事에 걸려든 여인이 하소연 하는 내용이다. 문맥이 똑떨어지지 않아 역대로 해석이 분분하다. 1절은 이렇다.

축축한 이슬길을
새벽과 밤엔 왜 안 가나.
길에 이슬 많아서죠.
厭浥行露　豈不夙夜
謂行多露

묻고 답했다. 이른 새벽이나 야밤중에 다니지 않음은 이슬로 옷을 적시게 될까 걱정해서다. 여자가 밤길을 다니다 강포한 자에게 더럽힘을 당하지 않겠다는 의지를 밝힌 내용으로 읽는다. 이어지는 2절.

> 참새 뿔이 없다고 누가 말했나
> 무엇으로 내 집 지붕 뚫었겠는가
> 네가 아내 없다고 누가 말했나
> 무엇으로 나를 옥에 불러들였나
> 나를 옥에 불러와도
> 실가室家 되긴 부족하리!
>
> 誰謂雀無角　何以穿我屋
> 誰謂女無家　何以速我獄
> 雖速我獄　室家不足

다시 3절.

> 쥐 어금니 없다고 누가 말했나
> 무엇으로 내 집 담을 뚫었겠는가
> 네가 아내 없다고 누가 말했나
> 어이해 소송에 날 불러들였나
> 날 소송에 끌고 와도
> 너를 좇진 않으리!
>
> 誰謂鼠無牙　何以穿我墉

誰謂女無家　何以速我訟

雖速我訟　亦不女從

작각서아雀角鼠牙는 참새 뿔과 쥐 어금니다. 참새는 뿔이 없고, 쥐는 앞니뿐이다. 뿔 없는 참새가 지붕을 뚫고, 어금니 없는 쥐가 담을 갉아 구멍을 낸다. 이렇듯 터무니없는 짓을 해도 절대 강포한 너를 따라 내 절개를 굽히지 않겠다고 한 것이다.

성호 이익이 《시경질서詩經疾書》에서 설명한다.

참새나 쥐가 매한가지이지만 참새가 지붕을 뚫는 것은 낮이라 쫓을 수가 있다. 쥐가 담장을 뚫는 것은 밤이라 막을 방법이 없어 걱정이 더 깊다. 이 두 미물은 잘 피해서 멀리 가지도 않으니 어찌해볼 도리가 없다. (……) 쫓아내도 안 되고 막지도 못하며, 없애려 들수록 더 번성하고, 멀리하려 할수록 더 가까이 붙는 것은 다만 이 두 미물만 그렇다. 나라의 난신亂臣이나 집안의 도적과 비슷하니, 마침내 다 거덜이 나서 없어진 뒤라야 그칠 것이다.

雀鼠等耳, 雀之穿屋在晝, 猶可以驅之, 鼠之穿墉在夜, 無計可防. 言患之益深也. 二蟲亦巧避, 不遠去, 實無奈何. (……) 驅之不勝, 防之不得, 欲滅而益繁, 欲遠而益近, 唯二蟲爲然. 比之國之亂臣, 家之竊盜, 終至於耗敗喪亡而後已也.

참새가 뿔이 없고, 쥐에 어금니가 없다고 별일 없겠지 하고 그저 두면 지붕을 뚫고 담장에 구멍을 낸다. 그때 가서는 단속해도 늦다.

주미구맹

술맛은 좋은데 개가 사납다

—

酒美狗猛

술을 파는 사람이 있었다. 술맛이 훌륭했다. 그런데 술맛이 시어 꼬부라지도록 아무도 사가는 사람이 없었다. 연유를 몰라 이장里長을 찾아가 물으니, 이장이 말했다. "자네 집 술맛이야 훌륭하지. 하지만 자네 집 개가 너무 사나워서 말이지〔非酒之不美, 汝狗猛也〕."

제 환공이 관중에게 물었다. "나라를 다스리는데 걱정거리가 있는가?" "사당의 쥐 때문에 걱정입니다. 쥐란 놈이 사당에 구멍을 뚫었는데, 연기를 피우자니 불이 날까 겁나 어쩌지를 못합니다."

위령공衛靈公이 옹저癰疽와 미자하彌子瑕를 등용했다. 두 사람이 권력을 전단해서 임금을 가렸다. 복도정復塗偵이 임금에게 나아가 말했다. "꿈에

바로 보고 멀리 보자

임금을 뵈었습니다.""무얼 보았더냐?""꿈에 조군竈君, 즉 부뚜막신을 보았습니다.""조군을 보고서 어째 나를 봤다는 게야?""앞사람이 불을 쬐면 뒷사람은 볼 수가 없습니다. 지금 임금 곁에서 불 쬐는 사람이 있습니다. 그래서 임금을 뵈었다고 했습니다." 신흠의 〈거폐편去蔽篇〉에 나오는 얘기다.

술이 안 팔린 것은 맛 때문이 아니라 사나운 개 탓이었다. 설쳐대는 쥐를 잡아야겠는데 사당을 태울까 봐 조심스럽다. 곁불 쬐는 자가 앞자리를 가려 막으면 뒷사람은 추워도 방법이 없다.

신흠의 말이 이어진다.

겨를 뿌려 눈에 잡티가 들어가면 천지의 위치가 뒤바뀐다. 손가락 하나로 눈을 가리면 태산도 안 보인다. 왜 그런가? 천지와 태산은 멀리 있고, 겨와 손가락은 가까이 있기 때문이다. 임금 곁에도 겨와 손가락이 있다. 안으로 측근과 총애받는 자와, 밖으로 중요한 인물이나 권력을 쥔 신하가 이들이다. 저들이 그 임금을 미혹케 함은 반드시 먼저 헤아리고 재빠르게 입을 막는 데 있다. 임금이 좋아하는 것과 싫어하는 것을 알아, 드러나지 않게 속마음을 숨기고 영합한다. 틈을 막고 단서를 감춰 던져보아 시험한다. (……) 이때 임금을 위해 잡티와 손가락을 없애려 하는 자가 어찌 없었겠는가? 하지만 이들 여러 임금은 어둡고 가려진 것에 익숙해져서 차라리 천지와 태산을 안 보고 말지 그 겨와 손가락을 하루아침에 없애려 들지 않는다.

播糠眯目, 天地易位. 一指蔽目, 太山不見. 糠非能使天地易位, 指非能使太山不見者, 而目受其蔽焉, 則天地之大也, 猶爲其所晦. 太山之高也, 猶爲其所掩. 何以? 故天地太山在遠, 糠與指在近也. 人主之側, 亦有糠與指焉. 內而近 習便嬖, 外而重人柄臣是也. 彼近習便嬖重人柄臣之蠱其君也, 必先揣摩飛箝. 知其君之嗜欲愛惡, 隱貌逃情, 而迎以合之, 塞衕匿端, 而投以試之. (……) 當 其時也, 豈無爲君去眛蔽者? 而之諸君也, 安於眛也蔽也, 寧不見天地大山, 不 欲一朝去其糠指.

결국은 괜찮겠지, 괜찮겠지 하다가 나라를 다 말아먹고 나서야 끝이 난다.

이난삼구

경계하고 두려워해야 할 일

—

二難三懼

당 태종의 시 〈집계정삼변執契靜三邊〉은 이렇다.

해 뜨기 전 옷 입어 이난二難 속에 잠들고
한밤중에 밥 먹고 삼구三懼로 새참 삼네.
衣宵寢二難　食旰餐三懼

의소衣宵는 해 뜨기 전 일어나 옷을 입는다는 말이고, 식간食旰은 해 진
뒤에 비로소 저녁식사를 한다는 뜻이다. 의소식간衣宵食旰은 임금이 정사
를 돌보느라 불철주야 애쓰는 것을 칭송하는 의미로 쓴다.

시에서 당 태종이 밤낮 바쁜 중에도 잊지 않겠다고 새긴 이난과 삼구의 내용은 뭘까? 이난은 《좌전左傳》〈양공襄公〉 10년 조에 나온다. 자공子孔이 정나라의 반란을 평정한 뒤 관원들에게 일제히 충성 맹세를 받으려 했다. 자산子産이 만류하며 말했다.

> 뭇사람의 분노는 범하기가 어렵고, 전권專權을 휘두르려는 욕심은 이루기가 힘들다. 이 두 가지 어려움을 한데 합쳐서 나라를 안정시키려는 것은 위험한 방법이다.
>
> 衆怒難犯, 專欲難成, 合二難以安國, 危之道也.

자공이 자산의 충고에 따라 맹서盟書를 불사르자 그제야 정나라가 안정되었다. 이난은 뭇사람의 분노와 전권의 욕망이다. 품고 가는 포용이 없으면 무리의 분노를 부른다. 혼자 하겠다는 욕심을 거두어야 화합이 생긴다. 그게 참 어렵다.

삼구는 밝은 임금이 나라를 다스림에 응당 경계하고 두려워해야 할 세 가지 일을 말한다. 《한시외전韓詩外傳》에 공자의 말로 인용되어 있다.

> 밝은 임금은 세 가지를 두려워한다. 첫째는 높은 지위에 있으면서 그 허물을 못 들을까 염려하고, 둘째는 뜻을 얻고 나서 교만해질까 걱정하며, 셋째는 천하의 지극한 도리를 듣고도 능히 행하지 못할까 근심한다.
>
> 明主有三懼. 一曰處尊位而恐不聞其過, 二曰得志而恐驕, 三曰聞天下之至道, 而恐不能行.

지위가 높아지면 아래에서 듣기 좋은 소리만 하고 잘못은 눈감는다. 겸손하게 시작해도 자리가 그를 교만하게 만든다. 나중에는 옳은 말을 들어도 하고 싶지 않게 된다. 이렇게 되면 위기가 시작된다. 두 가지 어려움과 세 가지 두려움, 당 태종은 이 마음을 간직해 후대에 정관지치貞觀之治로 일컬어지는 치세를 이끌었다.

국곡투식

윗물이 흐리고 보니

|

國穀偸食

〈사철가四節歌〉는 "이산저산 꽃이 피니 분명코 봄이로구나"로 시작한다. 가락이 찰지다. 가는 세월을 늘어진 "계수나무 끝 끄터리에다 대랑매달아놓고서",

국곡투식國穀偸食하는 놈과
부모 불효하는 놈과
형제 화목 못하는 놈,
차례로 잡아다가
저세상으로 먼저 보내버리고,

나머지 벗님네들 서로 모아 앉아서

한잔 더 먹소 덜 먹게 하면서

거드렁거리고 놀아보세.

하는 끝대목에 이르면 공연히 뜨끔해져서 마음자리를 한 번 더 돌아보게 만든다. 신관사또에게 모진 매를 맞고 옥에 갇힌 춘향이의 심정을 노래한 12잡가 중 〈형장가刑杖歌〉에도 "국곡투식하였느냐, 엄형중치嚴刑重治는 무삼 일고"의 대목이 있다.

국곡투식은 나라 곡식을 훔쳐먹는다는 말이다. 서리胥吏들이 장부를 조작하는 등 갖은 수단을 다 동원해 백성의 고혈을 빨고 국고國庫를 축내는 간악한 짓을 하는 것을 가리킨다. 《목민심서》〈곡부穀簿〉 조에는 "윗물이 흐린지라 아랫물 맑기가 어렵다. 서리들이 간특한 짓을 함에 온갖 방법을 갖추지 않음이 없다. 귀신같이 간악하고 교활하니 밝게 살필 도리가 없다(上流旣濁, 下流難淸. 胥吏作奸, 無法不具. 神姦鬼猾, 無以昭察)"고 한 뒤 이들의 12가지 교활한 수단을 소개했다. 그 설명이 이해하기 어렵게 복잡할 뿐 아니라 수단이 교활하고 독랄하기 짝이 없다.

여기에 토호土豪들의 농간까지 끼어들면 백성들이 유리걸식의 신세가 되는 것은 실로 잠깐이었다. 《목민심서》〈형전刑典〉 조에는 청주목사 정경순鄭景淳이 국곡國穀을 축내고 갚지 않는 토호에게 주패朱牌를 내어 독촉하니, 호족이 그 뒷면에 '정모역적鄭某逆賊'이라고 써서 돌려보내는 패악을 부렸다. 내가 누군 줄 알고 건드리느냐는 뜻이다. 당장 붙잡아오게 해서 다짐장에다 썼다. "관의 명령을 거역함을 역逆이라 하고, 국곡을 투식하는 것을 적賊이라 한다. 네놈이야말로 역적이다." 그러고는 30대의 호된 매질을 가했다. 그제야 영이 섰다. 나랏돈을 제 호주머니 돈 쓰듯 하여 국고를 축내니, 그게 다 백성의 세금에서 나온 돈이다. 하기야 윗물이 흐린데 아랫물 맑기를 바라겠는가?

부승치구

수레에 올라탄 등짐 진 도둑

—

負乘致寇

《주역》〈해괘解卦〉에 "짐을 등에 지고 수레에 타니 도적을 불러들인다〔負且乘, 致寇至〕"는 말이 있다. 공영달孔穎達의 풀이는 이렇다.

　수레는 신분이 높은 사람이 타는 것이다. 등에 짐을 지는 것은 소인의 일이다. 사람에게 이를 적용하면, 수레 위에 있으면서 물건을 등에 진 것이다. 그래서 도둑이 자기의 소유가 아닌 줄을 알아서 마침내 이를 빼앗고자 한다.

　乘者, 君子之器也, 負者, 小人之事也. 施之於人, 即在車騎之上, 而負於物也. 故寇盜知其非己所有, 於是竟欲奪之.

짐을 진 천한 자가 높은 사람이 타는 수레 위에 올라앉았다. 도둑이 보고 등에 진 것이 남의 재물을 훔친 것임을 알아 강도로 돌변해 이를 빼앗는다는 말이다.

부승치구負乘致寇는 깜냥이 못 되면서 자리를 차지하고 앉아 재앙을 자초하는 일의 비유로 자주 쓰는 말이다. 이익은 《성호사설》의 〈부차승負且乘〉 조에서 이에 대해 풀이했다. 군자도 불우할 때는 등에 짐을 질 수 있다. 고대의 어진 재상 이윤伊尹과 부열傅說도 한때 밭을 갈거나 남의 집 담장을 쌓아주는 천한 일을 했다. 그러다가 하루아침에 임금의 스승이 되자 원래부터 그랬던 것처럼 훌륭하게 일을 잘했다. 그러니 등에 짐 지는 것과 수레를 타는 것은 굳이 따질 만한 것이 못 된다. 그렇다면 《주역》에서 왜 이렇게 말했을까?

성호의 설명은 이렇다.

이 말을 했던 것은 그 사람이 이익만을 탐하는 소인인지라, 비록 네 마리 말이 끄는 높은 수레에 앉아서도 변함없이 등에 짐을 지는 재주를 부렸기 때문이다. 군자가 아래에 있고, 소인이 득세를 하니, 어찌 도둑을 불러들이지 않겠는가?

爲此言者, 其人也謀利小人, 雖高駟車馬, 依舊是負擔伎倆. 君子在下, 小人得志, 豈非盜之招乎?

동중서董仲舒도 한마디 거든다. "군자의 지위에 있으면서 천한 사람의 행실을 하는 자는 반드시 재앙이 이른다(居君子之位, 爲庶人之行者, 其患禍必至)." 제 버릇을 개 못 줘서 수레에 올라앉아서도 재물을 챙겨 등에 질 생각

만 한다. 환난이 경각에 닥쳤는데도 등짐만 불리려다 결국 엉뚱한 도둑
놈의 차지가 된다. 천한 소인을 수레 위에 올린 임금, 올라앉아 제 등짐
불릴 궁리만 한 소인, 그 틈을 노려 강도짓을 일삼은 도둑. 이 셋이 힘을
합치면 망하지 않을 나라가 없다. 소인의 재앙이야 자초한 일이지만, 그
서슬에 나라가 결딴나고 마니 그것이 안타깝다.

채수시조

빛내서 돈 주고 산 벼슬

—

債帥市曹

당 의종懿宗 때 노암路巖이 정권을 농단하며 뇌물을 많이 받아먹었다. 진반수陳蟠叟가 상소를 올렸다. 변함邊咸의 집안 재산만 몰수해도 나라의 군대를 2년은 먹일 수 있다고 썼다. 황제가 변함이 대체 누구냐고 묻자, 노암의 하인이라고 말했다. 황제가 격분해서 진반수를 귀양 보냈다. 그 뒤로 아무도 직언을 올리지 않았다. 당 고종高宗 때 이의부李義府는 처자까지 나서서 관직을 팔고 돈으로 송사를 멋대로 조종해 문 앞에 사람이 바글바글했다.

장수가 되려는 자들은 내관에게 뇌물을 안겨 청탁을 했다. 부자에게 돈을 빌려 관직에 오른 뒤 백성의 고혈을 빨아 배로 갚았다. 그래서 당시의 장수를 채수債帥, 즉 빚을 내서 된 장수라 불렀다. 위魏나라 이부상서吏部尚書는 큰 고을은 비단 2천 필, 중간 고을은 1천 필, 작은 고을은 500필을 받고 관리를 임명했다. 그때 이를 시조市曹, 곧 돈 주고 산 관리라 했다. 윤기가 〈청탁과 뇌물을 논함(論請託賄賂)〉이란 글에서 썼다.

　　뇌물을 많이 받고 잘못된 요청을 따라준 뒤라야 높은 지위를 얻고, 능히 뇌물을 바쳐 청탁을 잘 통한 후에야 일처리를 잘한다고 일컬어진다. 온 나라가 미친 것처럼 바람에 휩쓸려, 시험관이 합격자를 뽑아도 세도가가 아니면 부자뿐이어서, 글을 잘하는 자라도 뇌물을 통한 뒤에 시험장에 들어가려고 한다. 전형하는 관리가 관직을 내릴 때도 권력자가 아니면 돈 많은 사람의 자식들뿐이어서, 쓸 만한 사람도 죽기로 작정하고 정도를 지키는 사람이 아니면 세파에 따라 분주함을 면치 못한다. 관직에 있으면서 송사를 처리할 때도 일의 옳고 그름이나 이치의 곡직은 논하지 않고, 형세의 경중과 뇌물의 다소만 살핀다. 합리적이고 곧은 사람조차 반드시 곁으로 구멍을 뚫어 지름길 얻기를 기약한 뒤라야 감히 송사를 벌인다. 그 결과 과거시험장에서 재주를 품은 자는 헛되이 늙고, 제목조차 능히 외우지 못하는 자가 장원으로 급제하며, 관직에서는 조용하고 겸손한 사람은 쫓겨나고, 발 빠른 자가 낚아채며, 송사에서는 곧은 자가 늘 꺾이고, 굽은 자가 항상 이긴다.

　　多受賄曲從請然後, 乃得驪歷, 能行賂善通囑然後, 始稱幹辦. 一國若狂, 靡然從風, 主試而拆榜, 則非勢家卽富人, 故雖能文者, 亦必欲通關節而後入場. 掌銓而除職, 則非要路卽錢客, 故雖可用者, 苟非抵死守正, 則不免隨波而奔走. 居官而聽訟, 則不論事之是非, 理之曲直, 只觀勢之輕重, 賂之多少. 故雖理直者, 亦必旁鑽曲穿, 期得蹊逕而後, 乃敢呈辨. 以故科試則抱才者虛老, 而不能誦其題者嵬登, 官職則恬退者黜伏, 而疾足者攫取, 訟獄則直者常屈, 而曲者常伸.

아!

惜福